文芸社セレクション

ゲート

～想いで繋がる場所～

蔵中 幸

KURANAKA Sachi

文芸社

※この話はフィクションです。実在する人物や団体、出来事等とは一切関係ありません。

◎そもそも『ゲート』とは？

当作品に出てくる空間の事。人間嫌いの存在…『門番』が守っている。そして様々な事情や理由で動物達の前に突然出現。特に生死の境をさまよう者達の前には現れる確率が高く、出現すると目的地やその周辺地までの道となってくれる。なお『門番』が人間嫌いである為に、人間は基本的に利用させて貰えない。それにより実在するかも不明な場所でもある。

そして『門番』はその出生経緯から顔が猿で耳は兎、手足は猫科で体全体が爬虫類のようなウロコに覆われている。それだけでなく背中には鳥を思わせる白い翼と、尻の所には狼の尾が付いている…という様々な動物の一部が合わさった姿をしている——。

目次

被災〜ジョン〜 …… 7
約束〜ミーナ〜 …… 40
番い〜ポータ〜 …… 73
使命〜レオン〜 …… 115
家族〜ノノ〜 …… 159
狩猟〜アラシ〜 …… 193
楽園〜リョク〜 …… 230
お礼参り〜ナモナキモノタチ〜 …… 260
根源〜モンバン〜 …… 284

被災～ジョン～

『皆は何処？　何処にいるの…？』

白い毛に覆われていたはずの一頭の犬…ジョン。だが、今は何かで汚れてしまったのか。所々黒っぽくなり、全体的にくすんだ色をしてしまっている。そして体の汚れの原因を表すように、彼の視線の先には土砂に押し流され破壊され尽くした集落の跡地が広がってもいる。更に荒れた事で見える光景は騒がしくも感じるが、周囲には誰もいないのだろう。妙に静まり返っていた。

ジョンがこの集落にやって来たのは今から十二年も前になる。当時この集落は数多く存在する山の中にある田舎の集落の一つに過ぎないからか。既に住民が減り始めていた。それも住民達の半数以上が高齢であり、田舎で仕事が少ない影響だろう。住民の減り方には勢いがあり、差はあるが年に十人近くは減っていく。そして減っていく事で更に過疎化は進み、集落の寂しさは一層に進んでいった。

そんな集落の中にある一軒の家…『飯塚家』にジョンはやって来た。この『飯塚家』は祖父と息子夫婦、その夫婦の間に生まれた娘が一人同居していた。それらの家族構成は集落の中ではわりと賑やかなものでもあった。だが、『飯塚家』がある集落内には、当時一歳になる娘と同級生の子は三人だけ。それも住んでいる場所が同じ集落内でも歩いて三十分以上かかる為、時間に余裕がある時にしか会いに行く事が出来ない。その事を考えている内に自然と『娘が寂しく過ごす事になる』と感じたのだろう。娘の両親は動物を飼う事を決意する。そして息子夫婦は集落の外にいる友人に事情を説明。一匹の白い子犬…ジョンがやって来たのだった。

そこから十二年間はあっという間だった。当時一歳の娘の育児の傍らで生後二ヶ月の子犬・ジョンの飼育は予想以上に大変だった。娘の教育の一環とはいえ、娘以外にも一つの小さな命を育てなければならないのだ。もちろん既に乳離れは済んでいた為、授乳等の手は必要なかった。だが、生後二ヶ月の子犬は色んな物に強い興味を抱き、中毒を起こす可能性が高い食べ物にまで口を付けようとしてくる。更に三歳の娘も様々な物に興味を抱き、自分と同類とも思っているらしい。ジョンに自分のおもちゃや食べ物を与えたりしていた。それにより主に娘の母が気に病みそうになっていたが、大人達は子供とジョンを見守り育て続けていた。

だが、心配しながらも大人達は愛情を注ぎ続けたおかげだろう。娘とジョンは健やかに確実に成長していく。すると物心が付く頃から一緒にいたからか。気が付けば娘とジョンは実の姉弟のように仲良くなっていた。もちろんオヤツやおもちゃを奪い合う時もあったが、基本的に二人はいつも一緒。散歩も食事も大人達の様子を見て自然と学んでいったらしく、自ら動くようになっていた。そして同時に世話をしていく事で『命の重み』や『幸せ』を学んだのだろう。娘は心優しい少女に育っていった。

一方のジョンも『飯塚家』に来た時は子犬だった事もあり、イタズラを多く行っていた。だが、娘の泣く姿や自分を叱る大人達の姿を見て、少しずつ物事を理解したらしい。その体が大きくなるにつれて、イタズラの回数は減っていく。それればかりか悪戯して怒られる事よりも、娘と一緒に遊んだ方が大人達も喜んでくれる事。何より喜んでくれる大人達を見ている方が、何だか嬉しく感じたのだろう。それを自覚した事で更にジョンはイタズラの回数を減らしていく。そして完全な成犬として扱われる一歳を過ぎた頃にはイタズラを完全に止める事が出来たのだった。

そうしてイタズラをしなくなった事で、ジョンに対する家族の愛情は更に強まっていく。その深さは飼い犬ではなく、最早家族の一人として扱われるほどだ。そして家族の一人として扱われている事を表すように、集落の外への旅行にも一緒に出掛けたりした。それらの行動はジョンが来たばかりの当初では考えられなかったものだ。だが、ジョンと共に成長していく娘が泣いてしまうほどに離れたがらなかったからだろう。大人達は共に連れ出すようになった。もちろん準備は何かと大変ではあったが、娘もジョンも笑顔で楽しそうな空気を漂わせていたからか。いつの間にか家族旅行にジョンを連れて行く事は定番のものになっていた。

それからも日々成長し絆を深めていった『飯塚家』の皆とジョン。気が付けば十二年の時が経過し娘は優しい少女に、そしてジョンも老犬に近付いていた。だが、どれだけの時が過ぎてもジョンは『飯塚家』の人間が大好きで、皆も彼の事を大切にし続ける。それは必然的に互いを結ぶ強い絆を生み、この先も穏やかな時が流れ続ける為の原動力になるはずだった。…あの日が来るまでは。

その日も朝から晴れ渡り、常と変わらない静かな時が流れていた。だが、正午を過ぎて数時間が経過してから、それは突然訪れた。遠くから地鳴りが響いてきたかと思うと一気に接近。ジョンと『飯塚家』の人間達が住む集落を激しく揺さぶったのだ。その揺さぶり方は住民の大半が老いた者達ばかりとはいえ、皆は立っていられないほどだ。それでも住民達にとって集落は大切な居場所でもあったからだろう。揺れが落ち着くと僅かに崩れてしまった自宅の様子にショックを受けつつも、既に集落内にいた者を中心に皆は片付けを始めていた。

それでも地震は集落に確かな爪痕を残してしまったようだ。というのも、激しい振動により僅かな亀裂が生まれていたのだが、地震の翌日に大雨が降ったからだろう。大量の雨水が亀裂から地面に浸透していく。そして内部に入り込んだ水は土と混じり合い、結果的に山の地盤を弱くしていってしまう。それにより遂に地震発生の翌日には地滑りを引き起こす手前まで陥ってしまった。

その事を地震発生の翌日昼過ぎに救助隊や自治体の職員達から聞かされた住民達。更に彼らは住民達に、こんな事を告げた。

「このままでは二次災害が起き、被害がより大きくなってしまいます！　事態が終息するまで皆さんは避難して下さい！」

「避難って…！　家は、集落は…！　どうなるんじゃ!?」

「分かりません。ですが…事態が終息して安全が保障されるまでは戻れないものと思って下さい。」

「そんな…！　一時的とはいえ…『家を捨てろ』と言うのか!?」

現状、家屋の損壊は酷くないものに見えたからだろう。住民達はいざとなれば他人の手を借りる事になっても家を修復し、すぐに生活の再建が出来るものと考えていた。だからこそ職員達の言葉を認められず、集落に強い執着を持つ住民達は騒ぎ始める。だが、職員達も時間が迫っていると分かっていたからだろう。必死に住民達を説得し続ける。そして人命救助を掲げながら半信半疑の彼らを避難させる計画を遂行し始めた。

だが、着々と避難させられていく他の住民達の様子を、『飯塚家』の祖父は複雑な想いで見つめていた。というのも、地震が起きた時点で町に行っていた為に、自分の息子家族は既に避難が完了。後は自分とジョンだけだと思っていたのだが…。

「えっ…？　一緒に…連れて行けないんですか？」

「ええ、申し訳ありませんが…。人以外は避難の対象外となっていまして…。」

「そんな…！　ジョンは家族なんですよ!?　それなのに…！」

「申し訳ありません。ですが規則なので…。」

ジョンと共に避難する事を必死に求め訴える祖父。だが、職員達は認めてくれず、更には他の住民達も諦めた様子である事に気が付いたからだろう。飼い猫や家畜達を放す皆の姿に諦め始める。その証拠に自分の傍らで礼儀正しく座るジョンを見つめながら、鎖を外して告げた。

「必ず…必ず皆と一緒に帰って来る。約束する。だから…良い子で待っていてくれないか？　…お前なら出来るだろう？」

祖父の言葉に不思議そうに首を傾げるジョン。それでも表情や漂う空気から切実な想いが伝わったのだろう。ジョンは返事をするように一つ鳴き声を上げる。その様子は祖父にとって安心出来るものだったのか。僅かに微笑みを浮かべながら軽く頭を撫でると、他の住民達と共に救助ヘリに乗り込む。そして近い内に迎えに来る事を誓いながら集落を飛び去っていく。その様子を他の動物達と共に切なげな表情で見つめるジョンに見送られながら…。

そうして『飯塚家』の皆と離れ離れになってしまったジョン。だが、やはり集落に残しておくのは良くない判断だった。というのも、住民全員が避難を完了させた日の深夜。ジョンが他の動物達と共に人々を待っていた山で地滑りが発生。一気に大きくなった亀裂の部分から地面が抉り取られ、崩れた土砂が集落を呑み込んでいく。しかも土砂は地中の水分を多く含んだものだったからか。湿り気の帯びた泥に近い土や石達は想像以上に重く、激しく木々や建物達に当たっていく。それにより地滑りの動きが落ち着いた頃には、建物だけでなく木々や草花も大半が消失。土色の光景が広がるばかりだった。

その状況を集落の人々はテレビを通し避難所から見ていた。すると大地が崩れ建物を、集落を無情にも呑み込んでいく光景がとても苦しく感じたからか。家畜達を残していった住民達を中心に涙を浮かべ悲鳴のようなものを漏らし始める。特に自分の弟のような存在であったジョンが集落に置いていかれた事を知っていたからだろう。『飯塚家の娘』は気が気ではないらしく、絶えず集落の状況を放送しているテレビ画面から目を背けてしまう。そればかりか立ち上がると、避難所として使用されている宿泊施設の出入り口へと進み始めた。

「ちょっ…!? 何処に行くんだ!?」

「何処って…! そんなの決まってます! あの子を…ジョンを迎えに行くんです!」

「迎えって…無理に決まっているだろう!? あそこは今、土砂崩れが起きているんだ！君も…テレビを観ていたのなら知っているだろう!?」

娘がいた場所が避難所として使われている宿泊施設だったからか。ほぼ閑古鳥に近いほどに人の気配がない常とは違い、室内には多くの人が出入りしている。その中には娘と同じ集落の住民、更には自治体や役所の職員もいるからだろう。声を荒げながら宿泊施設から出ていこうと動く娘を皆は止めようとする。施設内が妙に騒がしくなり始めていた。

だが、騒動の元凶となっている娘が止まる様子はない。むしろテレビで流れていた情報により完全に錯乱状態になっているのだろう。強い力で自分を止めようとしてくれた皆を押し退けようとする。当然、十三歳の娘が暴れても大した力ではない為、大人達は軽く止める事が出来る。それでも切迫した様子で暴れ続けていたからか。娘を止めていた職員は思わず力を緩めてしまう。すると娘は職員の所から脱出。出入り口の方へと駆け出した。

(早くジョンの所に帰らないと…！　じゃないと…っ!?)

強い決意に突き動かされるように出入り口へと向かう娘。だが、そんな彼女の動きは結局止まってしまう事になる。娘の動きを止め、我に返らせるように地面が激しく揺れ始めたのだから…。

「きゃあああぁ!?」

「皆、動くな！　しゃがんで頭を守れ！」

「怖い！」

「もう嫌！」

下から突き上げるような激しく、立ち続ける事も困難なほど強烈な振動だったからか。周囲からは悲鳴が上がり、それと共に身を守る為の指導の言葉も飛んでくる。それでも連日続く激しい振動により、皆の心には既に大きな傷が生まれているのだろう。指導の言葉はあまり届いていないらしく、悲鳴も上がり続けている。そしてジョンを迎えに行こうとしていた『飯塚家』の娘も、激しい揺れに強い恐怖を抱いたらしい。悲鳴を上げる事はなかったが、腰は完全に抜けてしまい全く動けなくなる。その状態は余震が落ち着くまで続き、気が付けば彼女は揺れが治まるまでうずくまっていた。

その後、一分も経たずに余震は収まり人々は再び動き始める。それでも何度も起きる余震に人々の精神は更に追い込まれ、蓄積した疲労が体に影響を与え続けているのだろう。皆の顔色は悪く身を寄せ合い震え続けている。そして『飯塚家』の娘も余震で再び芽生えてしまった恐怖のせいか。集落で待っているであろうジョンを迎えに行く勇気が小さくなっていってしまう。その証拠に娘は宿泊施設から飛び出したが、建物の陰で膝を抱え涙を流す。迎えに行く事も出来ない自分の不甲斐なさと苛立ち、そして何よりジョンに対する謝罪の想いを含ませた涙を…。

そうして余震により更に人々が追い込まれていた頃。集落の地滑りの被害に遭っていたジョンだったが、その命は何とか助かっていた。『飯塚家』の祖父が避難する際に鎖を外してくれたおかげで、自由に動き回る事が出来るようになったからだろう。地滑りが起きるのを山の方からの音で何となく察知したジョンは、野山を風のように走り抜けていく。それにより集落を呑み込んでいく土の波から逃げる事が出来たのだった。

だが…。

(そんな…！)

土色の波から逃げる為に濡れた野山を駆け回った事で、ジョンの白い毛に覆われた体は土や泥で汚れてしまっている。それでも今、ジョンは自分の体の汚れ以上に『ある光景』を目の当たりにした事で酷く動揺してしまう事になる。大きな音や土色の波が落ち着いた事で戻ってきたジョンの瞳に、土で大半見えなくなってしまった集落の様子が映っていたのだから…。

(俺達の家が…。)

あの日を境に幾度も地面からの激しい振動を感じた事で、ジョンはその度に恐怖を抱いていた。それでも耐える事が出来たのは、自分と同様に猫や鶏達が留守番する事になっていたから。何より大好きな『飯塚家』の皆が迎えに来てくれると思っていたのだ。だからこそ皆が来るまで彼は待つ事が出来ていた。『家を守る』という決意も宿し続けていたのだから…。

そんなジョンの決意を壊すように、集落は土の波に流されてしまったのだ。当然、『飯塚家』の皆と楽しい思い出を作り続けていた家も一緒だ。更にジョンが抱いた絶望はこれだけではなかった。それは…。

（…っ!? 皆は…何処に…!?）

山の中に逃げ込む直前まで一緒に待っていたはずの他の動物達の姿が消えてしまったからか。ジョンは周囲を見渡しながら吠えて呼ぼうとする。そればかりか返事がなかった事で一気に不安が大きくなったのだろう。ジョンは泥の臭いが混じった中でも皆の香りを感知すると、土を掘り始める。皆と再会する事を願いながら必死でだ。その必死さは爪が折れ血が滲んでも、体が更に土で汚れる事になっても止めようとはしないほどだった。

その後もしばらく土を掘り続けていたジョン。だが、そんな彼の必死な行動も結局無駄で終わってしまう事になる。というのも、痛みに耐え血を滲ませながら掘り続けた事で、土の中から友達の猫の姿が一部見えたのだが…。

（…っ!? ハナコさん…。そんな…!）

見えた体の一部…丁度脇腹辺りに触れたジョンだったが、彼はすぐに前足の先を離した。自分のそこの部分に全く熱を感じず、明らかに生気が消えている事が分かったからだ。それは友達でお姉さんのような存在でもあった猫…ハナコが亡くなっていた事を意味している。そして彼女が亡くなった事を傷だらけの手を通じて思い知ったのだろう。強い絶望感を抱いたジョンは空に向かって遠吠えを始める。それは彼が深い悲しみを抱き続けている事を示すように、数十分間止まる事はなかった。

それから更に数時間後。すっかり遠吠えで疲労を感じてしまったジョンは山の中に潜んでいた。だが、山の中に潜んでいても足下から何度も振動がきて、周囲を異様な音が響いていたからだろう。ジョンは怯え続けてしまう。特に自分と仲が良かったハナコや他の皆もいなくなった事が、怯えを強くさせる要因となったらしい。その証拠に彼は体を小刻みに震わせてはいたが、場所を移動する事は全く出来なくなっていた。

丁度そんな時だった。ジョンの前に白い玉が通り過ぎていったのは…。

（あれは…？）

突然現れた謎の白い玉に驚いたからか。沈んでいた気持ちは僅かに浮上する。更には白い玉が温かい空気…数時間前に永遠の別れをしたハナコのような感覚がしたからだろう。

僅かに浮上した気分は高まり続ける。その証拠にジョンから漂う空気は張り詰めていたものが薄まり、喜びを示すように僅かに尾を振る。そして嬉しそうに白い玉を追いかけ始めた。

だが、懐かしさを感じられたとしても追いかけない方が良かったのかもしれない。というのも、白い玉を追いかける事に夢中になっていた為にジョンはすぐには気が付かなかった。いつの間にか集落の更に山奥に進んでいた事。更に光を放つ巨大な穴が出現している事に…。

(何だろう？　この穴…。)

山の近くの集落に住んでいても、ジョンが山奥に入る事はほとんどない。だからこそ山奥がどんな状況になっているかは正直不明でもある。それでも集落の住民達や獣達から一度も聞かされた事がないから。実際、穴は存在していなかったはずだ。何よりジョンの目の前にあるこの穴からは光と共に、不思議な風…自分の事を誘うような何かが発生していたからか。それを感じ取った事でジョンは足を止め固まってもしまうのだった。

それでもジョンは結局、不思議な穴に入る事になる。というのも、穴の前で立ち止まっている彼に再びあの白い玉が近付いてきたのだ。更に白い玉は強い光を放ちながら形を変化。ジョンにとって見慣れた者の姿へと変わっていった。

『…っ！　ハナコさん！』

『こんにちは、ジョン。無事だったみたいで嬉しいわ。』

『ハナコさん！　良かっ…。』

　二度と会えないと思っていた彼女が自分の前に姿を現してくれたからだろう。ジョンは喜びに突き動かされるように跳び付こうとする。だが、いつもの感覚で跳び付いたというのにジョンの体にハナコの感触はない。むしろハナコの体が存在していないように跳び付いた勢いのまま、ジョンの体は地面に叩き付けられる。その痛みでジョンはようやく気が付いた。ハナコは既に実体を失っていて、自分の傍にいられなくなってしまった事に…。

『ハナコ、さん…？』

『ええ、そうなの。もう私は…あなたの傍にいられない。一緒に遊んでオヤツを食べてお昼寝も出来ないの。…ゴメンね？　ジョン。』

『ハナコさん！　そんな…!?』

　土の下から一部とはいえ触れる事が出来たハナコの体から本能で嫌な感覚はあった。だが、それでも今目の前に彼女が現れてくれた事で嫌な感覚や考えは吹き飛んだのだ。それでも自分の体に感じた痛みやハナコ自身からの言葉で、ジョンは『彼女の死』を認めざるを得なくなったのだろう。その証拠に悲しみが一気に胸の中を埋め尽くしたらしい。彼は再び悲しみを含ませたような声を上げるのだった。

だが、ジョンがいつまでも悲しみに暮れる事は許されなかった。というのも、悲痛な声を上げる彼にハナコはこんな事を告げたのだから…。

『早速だけど…あまり時間がないから言わせて貰うわ。ここに連れて来たのはあなたに別れを告げる事と、『これ』の話をしたいと思ったからなの。』

『『これ』…？』

ハナコに言われ悲しみに襲われながらもジョンは顔を上げる。その先には白い玉になっていたハナコに誘われて連れて来られた時に発見した光の穴があった。だが、この光の穴の意味が分からないからだろう。ジョンは首を傾げる。するとハナコは不思議そうな様子を見せるジョンに対し再び告げた。

『『これ』はね…。大切な人…ジョンの家の人達の所にすぐに行く事が出来る道の入り口なの。』

『道の入り口？　皆の所にすぐに行ける？　よく分からないんだけど…。』

『まぁまぁ…。試しに入ってみなよ。ジョンだって家の人達に早く会いたいでしょう？　なら急いで…入りなさい！』

『それは、そうだけど…うわっ!?』

急かすように言葉を紡ぎながら素早くジョンの後ろに回り込むハナコ。そして押す動きを行うと強い風が発生。吹き飛ばすような形でジョンを光の穴へと押し込める。その勢いは凄まじいものであったからか。ジョンは思わず声を上げるものの、反論を口にする前に完全に穴の中に入ってしまう。更に穴から脱出する為に勢いよく振り向いたジョンだったが…。

『ハナコさ…！』

『ありがとうね、ジョン。私の為に…悲しんでくれて…。泣いてくれて…。嬉しかっ…。』

『ハナコさーん！』

振り向き光の穴から脱出しようとしたジョンだったが、どうやら一度入ってしまえば出られなくなる場所だったらしい。自分が入ってきたはずの入り口は見えなくなり、周囲は光に包まれた空間が広がるばかりだ。更に自分を入れたハナコも感謝の言葉を口にしながら姿を消滅させていったからだろう。ジョンの中の寂しさは一層強まる。それでもハナコが行ってくれた事を果たす為か。ジョンは進行方向に体を向き直すと歩き始める。その胸にハナコが言ってくれた人達…『飯塚家』の皆に会う事だけを願いながら…。

そうして歩き始めて、どれぐらいの時間が経過しただろうか。相変わらず周囲は光に覆われた景色ばかりが広がっていて、一向に進んでいるようには感じない。だが、ジョンは自分が確実に前へ進んでいる事を実感する。足を進めれば進めるほどに前方に何者かがいる事に気が付いたのだから…。

（…？　誰だろう…。もうハナコさんはいないのに…。）

いくら足を進めても、その脳裏には大切な友で姉のような存在であったハナコの姿が過り続けているのだろう。ジョンは再び俯き重苦しい感情に浸りそうになってしまう。それでも前方にいる者の気配が明らかにハナコではなかった事、何より直前に別れた彼女との出来事を思い出していたからか。背中を押されるような感覚になったジョンは再び顔を上げる事が出来ていた。それだけでなく前方から漂う気配の正体を確かめるように再び足を進め続けた。

するると深い悲しみを抱きながらも進み続けていたおかげか。ジョンは遂に気配の正体の所へ辿り着く。だが、辿り着いた事でジョンは驚き固まってもしまう。というのも、彼の目の前には様々な動物の部位を合わせたような姿をした者がいたのだから…。

（っ!?　…お化け？　でも…少し違う気が…。）

謎の気配の正体を前に固まってしまうジョン。無理もない。その者は顔が猿で耳は兎。手足は猫科で体全体が爬虫類のようなウロコに覆われた姿をしている。更に背中には鳥を思わせる白い翼が付いているのだが、何故か尻の所には狼の尾が付いていたのだ。それらの姿は明らかに未知の存在としか思えないからだろう。ジョンは呼吸を忘れそうになるほどに停止していた。

一方の謎の者はジョンの存在に当然気が付いてはいたらしい。直前まで優雅に寝そべっていたが不意に体を起こす。そればかりかジョンの方を見ながら不意に口を開いた。

『もしかして…君がジョン？　あの集落に住んでいて生き残ったって言う…。』

『えっ？　あっ、はい…。そうですけど…。あなたは？』

『私は『門番』。この場所からあなた達を見守り、利用したい者達を通す役割を持っているの。』

『『門番』…？　この場所から見守り、通す役割を持っている…？　一体、どういう事…？』

ジョンが出会った者は自ら『門番』と名乗ったが、話が理解出来なかったからだろう。ジョンは動揺し続ける。それもジョンの動揺はかなり強いものであったらしい。互いの言葉が理解出来る状況に気付けないほどだ。だが、そんな彼の心情に気付いているはずの『門番』は淡々とした様子だ。そればかりかジョンを見ながら、特に態度を変える事なく言葉を続けた。

『やっぱり分かっていないみたいだから改めて説明するわ。ここは動物達が通る場所で通称『ゲート』と呼ばれている空間なの。』

『『ゲート』…？』

『ええ。色んな考えや想いとかを持っている動物達が通る空間で、皆が行きたい場所への出入り口が集まって出来ているの。今は塞いでいるけどね。使いたい時、つまり行きたい場所がある場合は『その場所』の事を強く思えば良いの。簡単でしょう?』

『はぁ…。』

『といっても、『ゲート』に辿り着ける事自体が僅かな動物達だけなんだけどね。だからジョンも感謝しなさい。魂だけになっても漂いながら探してくれた『ハナコさん』にさ。』

思考が未だ追い付けない状態のジョンだったが、『門番』は声高らかに語り続けている。その話を聞きながらジョンは更に思考を巡らせ続けた。


そうして少しの間、考え込んだからか。少しずつではあるが、ジョンは我に返っていく。するとと本来の状態に戻れたからだろう。『門番』の話も何とか理解する事が出来た彼は同時に新たな疑問のようなものも抱く。それにより彼は『門番』の方を見ながら改めて尋ねた。

『えっと…ここが『どういう場所』なのかは何となく分かりました。ただ『ハナコが探してくれた』って…どういう事ですか?』

『?　そのままの意味だけど?』

『門番』の話を聞き改めて尋ねたジョンだったが、相手は逆に不思議そうな様子で答えてくる。それに対し更に困惑してしまったジョンだが、『門番』は彼のその心情も分かってはいたらしい。彼の問いかけに答えてくれた。ハナコが虹の橋を渡る前に様々な場所や空間をさまよい、この場所…『ゲート』を見つけた事。更に自ら内部に入り『門番』と接触した上で、ジョンを家族の所へ連れていくように懇願してきた事を…。

『まったく…。本来ならば見つけた事自体が珍しくて、どの動物達も大体は自分の為だけに使うのよ？　それを自ら辞退した上に他の奴に譲るなんて…。珍しいわ。』

『ハナコさん…。』

『門番』は『ゲート』の利用権利を譲ったハナコの事が未だ信じられないと感じているのだろう。呆れた様子で何やら口にしている。だが、それをジョンは再び聞く事が出来なくなっていた。『門番』からの話でハナコが自分に対して深く思っていてくれた事が分かってしまったのだから…。

一方の『門番』はハナコの優しさを改めて実感し体を震わせるジョンを見つめる。だが、『門番』自身は感情に乏しいからか。ジョンを見つめる様子は無に近い状態になっていく。そして淡々とした声で再び話しかけ始めた。

『それで…あなたは『ゲート』を使うのかしら？　ジョン。』

『あっ、はい…。お願い、します…。』

『ふーん…。それで…行き先は何処にするのかしら？『人間』である家族の所？　それとも…『ハナコさん』の所かしら？』

『それ、は…。』

『ちなみにだけど…。一度この『ゲート』に入って目的地に辿り着けた者は生きている間、二度とここを見つけて使用する事は出来ない。要は一生に一度だけって事よ。その辺は理解して貰えるかしら？』

『あっ、はい…。えっ、と…。』

少し厳しい口調で『ゲート』の利用条件について語ってくる『門番』。更に目的地についても口調は変えずに促してくる為、ジョンは少し焦ってしまう。それでも頭の中をハナコの姿と共に『ある想い』が芽生えたからだろう。ジョンは『門番』を見つめると、改めて自分が向かいたい場所について告げたのだった。

一方その頃。ジョン達が残されてしまった集落から離れた町の方では、一人の少女が横たわりながら天井を見つめていた。『飯塚家』の娘だ。彼女は余震が起きてない時に少しでも眠ろうとしている皆とは違い、一向に眠ろうとはしない。その原因は度々起きる大きな余震による恐怖だけではない。彼女の脳裏に今まで離れた事がないジョンの姿が過っていたのだから…。

（ジョン…。本当に大丈夫かな…。お腹空いているよね？　眠れてもいないよね？　…生きているよね？）

一度、ジョンの姿が脳裏を過ってしまったからか。次から次に不安が芽生え娘の動悸は激しくなるばかりだ。そして動悸が激しくなった事で、同時に眠気も飛んでしまったらしい。すっかり眠気が飛んでしまった彼女は立ち上がると、寝室として使用されていた部屋から出ていった。

眠る他の避難者や起きて色々と動き回る職員達を横目に、『飯塚家』の娘は避難所でもある宿泊施設からも出ていく。特に理由はなかったが意識が完全に覚醒してしまった事で、妙に体を動かしたくなってしまったのだ。それもジョンの事が心配である為に避難所にもいたくなくなってしまったのだろう。職員達が気付かない事が好機であるように、進む足を一向に止めない。迷いなく進み続けていた。

すると十分ほど進んだだろうか。避難所として使われている宿泊施設が少し小さく見える所で娘は不意に足を止める。というのも、足を止めた場所は以前ならば住宅や商店が建ち並んでいたのだが、最近の地震のせいだろう。建物の大半は崩壊し、その分妙に拓けた空間になっていた。そして建物が崩壊している事で必然的に人々が離れているのか。周囲に人気はなく、ただ無音の空気に包まれていた。

(怖い…。逃げたい…！)

幼い頃から両親や友人と共に遊びに来ていた通りが、見るも無残な状況になっていたからか。娘の胸の中で恐怖が広がっていく。その恐怖は想像以上に大きいものだったらしい。娘の体は冬でもないのにガタガタと震え始めた。

　そんな時だった。娘の前方の方で何やら光が発生。その光が消えた途端、何かが近付いてくるのを見たのは。しかも近付いてきた者は…。

「えっ…？　ジョン？」

「ワンッ！」

「っ！　ジョン…！」

　近付いてきた者が知っている姿をしていた気がしたからか。娘は思わず小さく呟いてしまった。だが、その小さな呟きも人間よりも聴覚に優れた犬であるジョンだったからか。はたまた十二年間生活を共にし、強い絆で結ばれている彼女が相手だったからか。小さい呟きにも聞き取る事が出来たらしく、ジョンは答えるように一つ吠える。そして声で彼が自分のジョンである事が分かったからだろう。娘は声の主の方へ駆け寄ると、その体に抱き付いた。幼い頃から日々抱き付いていた事で馴染みのあった体に…。

「ジョン…！　良か…った…！　元気そうで…！　本当に…良かった…！」

　地震により荒れてしまった場所を歩き続けていたのか。ジョンの全身の色は純白ではなくなり、土や泥等で所々黒やこげ茶色に染まっている。それでも抱き心地や温もりからジョンが自分の大切な家族である事。更に伝わってくる感覚から夢でない事も分かったのだろう。娘は涙を流しながら言葉を紡ぎ続ける。そしてジョンの方も彼女が自分と再会出来た事に大きな喜びを感じ、自分自身も嬉しかったからか。喜びを示すように尻尾を左右に激しく振る。自分と『飯塚家』の人間が再会出来るきっかけを作ってくれたハナコや『門番』に対し、強い感謝を抱きながら…。

そうして家族と再会出来た事にジョンが改めて喜びを感じていた頃。その様子を異空間…『ゲート』の窓のような穴から『門番』は見つめ続ける。だが、『門番』自体が人間を好いていないからか。再会出来た皆に対し喜びを示すジョンを見つめる姿は羨ましそうではない。むしろ苛立ちを示すように険しい表情と空気を放っていた。

そんな時だった。見つめる『門番』の所に『ある者』が姿を現す。既に死者となって虹の橋を渡るだけとなったハナコが…。

『…ジョンは何とか皆と再会出来たみたいね。これで私も…安心して向こうに行けるかな。』

『あなた…わざわざ確かめる為に残っていたの？　早く渡らないと色々と困ると思うんだけど？』

自分の傍らまで近付き窓からジョンの様子を見つめるハナコに対し、呆れたように告げる『門番』。だが、その言葉の意味を理解しているはずのハナコは、こんな言葉で『門番』に答えた。

『確かに私は…もう『この世』にいられない。だから早く行くべき所に行った方が良い。それはよく分かっているんです。だけど…だけどジョンの事はちゃんと見守りたいって思ったんです。虹の橋をすぐに渡る事が出来ないぐらい。だって渡ってしまったら見守るのは難しいんでしょう?』

『それは、そうだけど…。って、何でそんなにジョンの事を気にかけるの? 彼は同じ集落に住む仲間なだけなんでしょう?』

『ゲート』を管理する事以外は基本的に無頓着であった。だが、虹の橋を渡る事を自主的に中断させるほどの彼女の行動が理解出来なかったのだろう。『門番』は呆れた様子のまま尋ねる。すると当のハナコは一瞬の間の後、更に答えた。

『さぁ…何でかしら? 私もよく分からないわ。ただ…彼は私があそこに住んで少し経ってから来たからなのか、私の事をお姉ちゃんとして見てくれたの。自分の方が体は大きくなった後も…そして今もね。だからかもしれないわ。』

そこまで言ったかと思うと、ハナコは言葉を止める。その頭の中にはジョンとの楽しくて温かな記憶が過っているのか。窓のような穴からジョンを見つめる瞳は心なしか切なげだ。そんな彼女の姿に気が付いてはいたが、『門番』は負の感情ばかりが芽生えてしまう存在だからだろう。慰める事もなく冷めた様子で見つめている。そればかりか未だ感傷に浸るハナコに対し告げた。

『まぁ…私には関係のない事だし、興味もない事だから別に良いんだけど…。あなたはもう彼と関わる事が出来なくなったんだから諦めなさいよ？　じゃないと本当に虹の橋を渡り損ねるわよ？』

『…。』

『…分かった。そんなに彼の事が気になるのなら…私が彼を見ておいてあげる。それなら良いかしら？』

『えっ…？』

突然『門番』から驚くべき言葉を聞かされたからか。ハナコから間の抜けた声が漏れる。それでも『門番』からの言葉をすぐに理解したのか。ハナコは再び声を漏らし始めた。

『ジョンの事を…見守ってくれるの？』

『ええ。あなたと違って私は少しでも早く虹の橋を渡らなければならない存在ではないからね。時間は沢山あるの。ついでに私だけなら、そっちに何度も顔を出す事が出来る。だから…そっちが望むのなら、たまに情報もあげるわ。…どうかしら？』

『っ！　本当に!?　でも何で…？』

『門番』からの素晴らしいとも感じられる言葉に気分が浮上し始めるハナコ。だが、少し前の態度や言葉と違っていると感じたからか。同時に疑問を抱き、それを口に出してもしまう。すると『門番』は一瞬の間の後、こんな言葉で答えた。

『…さぁ？　何故かしらね？　私でもよく分からないわ。ただ、そうね…。気晴らしとでも言っておこうかしら。』

『気晴らし…。』

『ええ。ここにいるのは決して退屈ではないけれどね。たまに違う事もやりたくなるのよ。まぁ…それも常じゃないけど。』

ハナコの問いかけに困った様子を見せながらも淡々と答える『門番』。その様子にハナコは更に問いかけたくなったが、『門番』自身も理解し切れていなかった事。何よりハナコの方も時間があまり残っていない事を自覚していたからか。それ以上は何も問いかけない。そして空間の中で一際強い光を放つ穴…虹の橋がある『黄泉の世界』の入り口へと入っていくのだった。

それから更に一年近くもの時が流れた。『ゲート』を通って『飯塚家』の娘と再会した事をきっかけに、彼女の家族や集落の他の住民達とも再会。皆は驚きながらも温かく迎えてくれた。だが、やはり避難先ではペット同伴が禁止であったからだろう。ジョンは『飯塚家』の皆と同じ建物に入る事が出来ない。それにより寂しさや悲しみをジョンだけでなく娘達も抱き続けていたが、避難所の職員が気遣ってくれたのか。ペットの預かりボランティアを行っている団体に連絡。避難所の隣町にジョンは預けられる。そして娘達は月二回の目安で隣町まで通うとジョンと対面。短い時間でも絆を取り戻すように交流を続けていく。いつか以前のように一緒に暮らせる事を願いながら…。

そんなジョンと『飯塚家』の皆の願いは何者かに届いたのか。一ヶ月が経過する頃には不思議と余震も落ち着いていく。そして余震が落ち着いたのを見計らったように復興計画は確実に進行。ジョンや『飯塚家』の皆が住んでいた集落の土砂が取り払われ、破壊された建物の残骸等も少しずつ片付けられていく。確かに片付けていく事で甚大な被害や大切な命が失われている事を必然的に目の当たりにし、その度に確かに深い悲しみや激しい苦しみは感じていた。だが、皆は止まる事なく復興の為に進み続ける。そして皆の力は実を結び、遂に『飯塚家』を含めた一部の住民達が集落に戻ったのだった。

そうして迎えた帰還当日。現状が現状であった為に大々的ではなかったが、住民達が戻った集落では祝いの式典が開かれていた。犠牲となった命達を悼む黙とうから始まった式だったが、悲しみに包まれた時は僅かな間だけ。すぐに直された建物や田畑造園予定箇所のお披露目会。更に土砂崩れでなぎ倒され、崩れてしまった山中での植樹イベントも行われた。そして一通りの企画が終わると大人達はささやかながら宴を開始。集まった酒や食べ物でささやかな飲食を行っていた。その宴は寂しさも漂うものであったが、復興が進んだ事に対する素直な喜びを皆は抱いていたからだろう。想像していた以上に盛り上がる時間は長いものになっていた。

その人間達の宴の傍らでジョンは遠くを見つめる。失った仲間…ハナコ達の事が未だ脳裏に過っていたからだ。それは長い時が流れても、集落が復活しても決して消える事はない記憶だと分かっているからだろう。ジョンの気分は皆と違い沈んでいく一方だ。その証拠に彼の瞳からは光が失われ、悲しげに遠くを見つめるようになっていた。

すると最近彼の元気が失われている事に気が付いていたからか。『飯塚家』の娘は落ち込むジョンに優しく触れる。そして彼とは物心が付いた頃から一緒にいた事で、その変化や理由にも何となく気が付いていたのだろう。彼女はこんな言葉を口にした。

「…あのね、ジョン。動物達はね、死んだら虹の橋を渡って綺麗な世界に行くんだって。だから…きっとハナコちゃん達も大丈夫だよ。今頃、綺麗な場所に皆でいるだろうから。」

（…っ！）

「だから…悲しそうな顔をしないで？　私は…ジョンが戻ってきて…こうして一緒にいられる事が嬉しいの…。だから…お願い。」

（お姉ちゃん…！）

自分が思った事に気付いたらしい『飯塚家』の娘に内心驚いていたジョン。だが、それ以上に自分の想いを口にしてくる彼女の姿が苦しそうだったからか。見ていたジョンも胸が締め付けられるような苦しみを感じてしまう。そして彼女を慰めたいと思ったからだろう。労わるように彼女の顔を舐めたのだった。

そうしてジョンが舐めていたおかげだろう。『飯塚家』の娘の涙は止まり精神も落ち着いていく。そしてお礼を口にしながら笑顔も向けてくれたからか。ジョンの沈んだ気分も僅かながら浮上していった。

すると気持ちが落ち着いた事で心に余裕も生まれたらしい。『飯塚家』の娘は徐に顔を上げる。そして既に薄暗くなっている空を見上げると口を開いた。

「あっ…。ジョン、見てよ！　綺麗な一番星だよ！」

（？　一番星…？）

「知ってる？　一番星を見つけると良い事があるんだって。それに…こんなに強く光る星なんだもん。きっとハナコちゃん達にも見えるわ。」

（っ！　そう…なの？）

微笑みながら告げてくる彼女の言葉の内容にジョンは不思議そうに首を傾げる。事実なのか分からなかったからだ。だが、彼女が優しく穏やかな様子で自分に告げてくる事が何だか嬉しくも感じたのだろう。ジョンは段々と納得していく。その証拠に切なげな色を宿していたはずの瞳は喜びを表すように輝き始め、『飯塚家』の娘と一緒になって空を見上げる。違う世界からでもハナコ達が自分と同じように一番星を見ている事を願いながら…。

そんなジョンの姿を異空間から『門番』は見つめている。だが、人間を好んでいない『門番』は温かく見えるはずの光景にも特に様子を変える事はない。そればかりか温度を感じさせない瞳で淡々と見つめるばかりだ。脳裏に大昔の…自分が生まれる前後の記憶が過っていたのだから…。

『幸せなら良いけど…。でも気を付けるのよ。そこにいる『人間』達の傍なら大丈夫そうだけど、全ての『人間』がそうではないのだから。』

現実世界でジョンが嬉しそうに住民達と触れ合っている様子を、見つめながら呟く『門番』。それでもハナコと一応交わしていた『約束』により始めたジョンの観察は、今の様子を見られた事で満足出来たらしい。『門番』は現実世界が見える窓のような部分から離れていく。そして『門番』がいなくなった事で、その場所は直前以上に静寂とした空気が流れ始めていた。

ここは動物達が時空を超えて目的の場所まで一気に通れる空間…『ゲート』。今を生きる者も、命が尽きかけている者達も行き交う事が出来る場所。見つける事が出来れば獣達にとって行きたい場所に辿り着く事が出来る夢の通り道――。

約束～ミーナ～

『お母さんと約束したの。「あの木の下で待っててね。」って。だから私は行きたい。お母さんが待っているあの場所に―。』

その猫が生まれたのは、ある春の日だった。その日は数日前まで続いていた寒さが嘘のように消えていき、ようやく多くの者達が春を感じ始めていた時だった。その温かな空気に包まれながら、一匹の子猫の女の子は他の兄姉猫二匹と共に誕生。母猫に見守られながら少しずつ成長していった。

そうして季節が一つ変わった頃。あの子猫の女の子は順調に育っていき、一匹で冒険出来るようになっていた。だが、冒険を楽しむ日々の中でも彼女は寂しさを抱いていた。何故なら兄姉猫が既にいなくなってしまったのだから…。

最初にいなくなったのは兄猫だった。一番最初に生まれ長男として母猫からのおっぱいを沢山飲めたからだろう。生後二ヶ月を過ぎた頃には末っ子の一・五倍の体つきになっていた。すると体が立派になった分、力が有り余り必然的に行動範囲も広がってしまったらしい。乳離れが出来た事もあり生後三ヶ月を過ぎた頃には、自分達の所に戻ってくる時間が格段に減っていく。そして『隣町の不良猫と喧嘩をしていた』という目撃情報を最後に、兄猫は母猫や妹猫達の前に姿を現さなくなってしまった。

更に寂しい出来事は続く。兄猫が姿を消して半月も経過していないというのに、彼のすぐ下でミーナにとっての姉猫とも離れてしまったのだ。といっても、彼女の場合は突然いなくなったわけではない。兄猫と同じ頃から彼女も周囲を動き回っていたのだが、その先で一匹の雄猫に見初められたのだ。それも彼女に惚れたのは放浪グセがある猫とはいえ、ボス猫の息子でもある若い雄猫だった。そして若さ故か。息子猫は彼女に対し熱烈に愛を告げ、遂には放浪まで止めてしまうほどに必死になっていた。すると彼の必死な様子に彼女は折れたらしい。その証拠にまだ生後四ヶ月ほどという若さであったが、彼女はボスの息子猫に嫁入りする。それればかりか二ヶ月後には妊娠し、母猫として、息子猫の嫁として新たな生活を送るようになったのだった。

そんな兄姉猫がいる一方で、末の女の子猫は相変わらず母猫の傍にいた。元々生まれた時の体格が一番小さく、その分お乳を飲む力や量も少なかったからだろう。母猫が見捨てなかった事もあり何とか育ちはしたが、体や力は一番弱いままだ。そして弱々しいままであったからか。女の子猫はいつまでも親離れが出来ない子でもあった。現に乳離れも母猫からの親離れ指導も受けた後だというのに、女の子猫は一向に離れようとはしなかった。

そんな彼女であったが、遂に母猫と離れる時が訪れる。その日、母猫が狩りに行く事を告げられた女の子猫は、いつものように母猫に付いていこうとしていた。だが、そんな彼女に母猫は更に告げたのだ。『兄と姉猫達と遊び楽しい時間を過ごしてきた、いつもの木の下で待つように。』と…。

『うん、分かった。早く美味しい物を持って帰ってきてね？　お母さん。』

『ええ、もちろんよ。可愛いあなたの為に…お母さん頑張ってくるわね。』

母の様子が僅かに常と違った気がしたが、体は少しずつ成長しても精神が幼いままだったからか。女の子猫は母猫に深く追及はしなかった。それればかりか母猫の後ろ姿を少しの間見つめながらも、約束通り木の下へと向かう。いつもと同じように母猫と再会出来る事しか考えないまま…。

だが、女の子猫の考えを裏切るように母猫は一向に姿を現さない。別れた時はまだ陽の光が降り注ぎ周囲を明るく照らしていたのに、周囲の景色が朱色に変わっても戻ってこなかったのだ。更には朱色から紺色の景色に周囲が変わっても現れず、辺りが見えなくなっても寒さを感じても来てはくれない。それにより彼女は体を震わせるようになったのだが、母猫との約束があったからだろう。決して木の下から動こうとはしなかった。

翌日。寂しさや妙な寒さに震えながら女の子猫は意識を取り戻した。母猫を待っている間にいつの間にか眠ってしまったらしい。意識を取り戻した時には既に太陽の光が降り注ぎ、暖かな空間になっていた。更に遠くからは他の動物達や人間の気配まで感じられるようにもなっている。新たな一日が始まっていた。

だが、周囲の様子とは裏腹に女の子猫の気分は一向に浮上しない。一夜が明けても母猫が自分の所に戻ってこなかったからだ。その事は彼女にとって激しく動揺させる事態だったのだろう。時間が経過すればするほどに女の子猫は益々沈んでいく。更に時間の経過により空腹も強まったらしい。それを表すように彼女は遂にその場から動けなくなってしまうのだった。

するとうずくまる彼女の様子が気になったらしい。通りがかりと思われる一人の女性が駆け寄ってくる。更には接近してもあまり反応を示されなくなっていた彼女の事をとても心配したのか。抱き上げると走り始める。彼女の体温があまり下がらないように上着で包み込むようにしながら…。

一方の彼女の記憶は曖昧だった。『人間』に触られたり何かに包まれたりする感覚はあったのだが、それらの感覚や記憶等は部分的なもの。自分の身に実際何が起きたのかは分からないままだった。そして意識がようやく覚醒した時には温かい場所にいたのだが、人の気配や複数の動物達の気配がした事。何より母猫の匂いや気配を全く感じられなかったからだろう。大きな不安を抱いた彼女は鳴き声を上げる。母猫の所へ帰して貰える事を懇願する声を…。

だが、彼女の悲痛な声は聞いて貰えなかった。動物病院に入院させられた後、彼女を保護した女性が姿を現したのだ。更には見知らぬ建物へと連れ込まれたかと思うと、食事等で気を引き閉じ込めてもしまう。その閉じ込め方は女の子猫が必死に鳴き声を上げても、聞き入れて貰えないほど凄まじいものだ。それでも彼女は諦める事が出来ず、来る日も来る日も鳴き続けていた。

どれほどの日々を鳴いて過ごしていただろうか。鳴き疲れて眠り、起きて食事をしてはまた鳴く…という時を数え切れないほどに過ごしてきた。すると何度も寝て起きてを繰り返していたからか。美味しい物を沢山与えられ満たされていたからか。彼女と母猫との記憶は段々と遠いものになっていく。そして一月が過ぎた頃には母猫との思い出のほとんどが消え、現在進行形で続く日々の出来事に塗り替えられてしまうのだった。

そうして母猫との思い出が消えてから更に時が過ぎた。あの女の子猫は時の流れと共に成長。気が付けば当初の二倍ほどの体の大きさになっていた。しかも最初は母猫が恋しくて鳴き続けていた彼女が、日ごとに落ち着いてきたのも分かったからだろう。彼女を保護し動物病院まで連れて行ったりした女性は、彼女に『ミーナ』という名を与える。そして独身一人暮らしの寂しさを紛らわすようにミーナを可愛がった。

一方のミーナも女性から可愛がられていた事を自覚していったからか。徐々に、母猫との記憶を薄めさせてしまう。そして女性が自分を呼ぶ度に口にしてきた事で、自分の名前も理解していったミーナ。女性からの愛情も自覚していた事で、その呼びかけに鳴いて答えるようになる。その姿は飼い猫らしいものであるが、それは同時に母猫との思い出がまた一つ消えてしまった証拠にもなるのだった。

そんな風にミーナが飼い猫となって更に一年以上もの時が流れる。自分を保護し飼い主となった女性に日々愛情を注がれ、それを実感し続けているからか。ミーナの母猫との記憶は薄らいでいくばかりだ。現にミーナは家に連れて来られて間もない頃は女性から距離を置いていたが、今や彼女に撫でられ添い寝もするようになってしまう。それらの姿は飼い猫としか言い表せないものであったが、母猫との記憶がほぼ消えていたミーナは特に気にしない。むしろ女性とのそういう生活を満喫するようになる。そして女性の方もミーナが自分に懐いていくのが分かったからだろう。益々彼女に夢中になっていくのだった。

そんな穏やかな日常を送っていたミーナだったが、ある日を境に変化していく事になる。いつものように眠っていた時にこんな夢を見たのだ。懐かしさを感じさせる女の成猫が木の下に佇んでいるという夢を…。

（あれは…お母さん!?）

女性との暮らしを満喫していた事が影響していたからか。一瞬、夢の中に出てきた猫の事をミーナは忘れていたらしく、その正体も分からなかった。それでも相手は自分の実の母猫だからだろう。彼女を見ている内にミーナは相手について思い出していく。そして同時に思い出したのはあの日の『約束』…木の下で母猫と待ち合わせをしていたというものだ。だからだろう。思い出した途端にミーナは自分の胸の中が騒がしくなっている事も自覚する。今日まで『約束』を忘れてしまっていたのだから…。

だが、思い出してからのミーナの様子は一変していく。思い出した事で一気に母猫に会いたい気持ちが芽生えたのだろう。屋外へ出ようという考えが強まり、部屋の中を異様に動き回るようになる。更には母猫の事ばかり考えるようになったからか。ミーナは自分の飼い主に対して僅かだが距離を置くようにもなってしまう。それらの変化は飼い主である女性にとって当然戸惑いを生んだらしい。密かに思い悩むようになっていた。

するとと女性の悩みは日の経過と共に重く深いものになっていたからか。思い悩んだ女性から発せられる空気の変化は徐々に周囲にも伝わってしまう。その証拠に彼女の同僚で同じく猫を飼っている主婦が声をかけてきた。

「どうかしたの？　あなた。」

「えっ…？　何が…。」

「いえね。仕事はいつも通り出来ているみたいだけど、時々何かを考え込んでいるようだから…。まぁ、大半の人は気が付かないでしょうけど、その…家庭環境で私は自然と観察力が身に着いちゃってね。何となくでも気が付いたの。」

「あっ…。そう、ですか…。」

主婦からの言葉に一瞬驚いたが、日々彼女が夫や子供や飼い猫に気を配る生活を送っている事を改めて思い出したからだろう。女性は内心納得してしまう。それと同時に猫を飼っている者同士という事で今回の悩みも共有出来ると思ったらしい。女性は呟き始めた。

「えっと…。実はミーナの…飼い猫の事で悩んでいて…。」

「ああ、ミーナちゃんの事？　何かあったの？　病気とか？」

やはり猫を飼っている者同士であるからか。女性の呟きに主婦は耳を傾けてくれる。その事に喜びを感じながら、女性は最近のミーナの様子…急に外へ出たがるようになった事を語ったのだった。

だが、女性の言葉を聞き主婦まで一緒に考え込むようになる。ミーナの様子が変わってしまった理由がよく分からなかったからだ。当然、女性よりも前から猫を飼っていた為、ある程度の知識等は持ち合わせていたつもりだった。それでも話を聞いている内にミーナの変化の理由が病気でない事。更にはミーナが女の子である事を知っていた為、男の子特有の巡回本能…『パートナー探し』等もほとんどない事も分かっていた。だからこそ主婦はミーナの変化の理由が分からず、女性以上に考え込むようになる。そして悩んでも結局正解と思える答えに行き着かなかったからか。自暴自棄になった主婦は遂にこんな事を言い始めた。

「野良猫時代を思い出したんじゃない？」

「…えっ？　どういう事ですか？」

「いや、ミーナちゃんって元野良猫？　の子だったんでしょう？　その時の記憶が何らかの理由で思い出されたんじゃない？　で、変に外の世界が懐かしく思えるようになったとか！」

「はぁ…。でも何らかの理由って何ですか？　そもそも…そんなに記憶力って良いものなんですか？」

　自分よりも主婦の方が人生経験が豊富で、その分知識が多いのも女性は知っていた。だからこそ普段は主婦の言葉に同意する事が多かった。だが、今告げられた内容は真実味が感じられない夢物語のようなものであったからだろう。思わず女性は反論のような言葉を口にしてしまう。その態度は失礼であったが、当の主婦は特に気にはしていないらしい。それを表すように女性に向けてこう告げた。

「…さぁ？　記憶力が良いかなんて分からないわ。私達は猫じゃないしね。ただ…そう考えるのって何だか素敵じゃない？　ロマンチックって感じがして。」

「そう、ですかね？　私としては複雑な気がするんですけど…。」

木の下でうずくまり体を震わせていた子猫を見つけ保護して以来、女性はミーナと名付けて大切に育てていた。そんなミーナが未だに過去に影響されている可能性があるかもしれないと聞かされたのだ。真実は分からなくても腹が立ってしまうものだ。それにより無意識に不機嫌になってしまった女性だったが、その事を漏らす様子はない。むしろ昼休みが終わってしまった事で女性も主婦も仕事に戻るのだった。

女性が内心不安を抱えながら日々過ごしていた頃。彼女の自宅ではミーナが一匹でいた。餌を食べたり室内を歩き回ったりと、その姿は一見すると一般的な飼い猫らしい姿だ。だが、そんな風に女性の自宅での暮らしに慣れて過ごしていたはずなのに、最近のミーナは様子が変わってしまっていた。あの夢…母猫の夢を見てしまってから…。

（どうしよう…。早く会いに行きたいのに…！）

ミーナの様子の変化に気が付いていたからか。彼女の飼い主である女性は以前にも増して室内の状態に気を付けるようになっていた。出かける際には窓の鍵を二重にかけ、決して猫が開けさせないようにしていたのだ。しかも二重ロックの一つは窓の上部、猫が飛び跳ねても解除出来ないような部分に付けるような徹底ぶりだ。それによりミーナが屋外に出られる可能性はほぼ皆無の状況になり焦りは強くなっていく。だが、当然女性が改めるはずはなく、ミーナは軟禁状態で過ごす事になったのだった。

だが、以前ならば抵抗なく受け入れていた状況でも、今は受け入れる事が困難になっていた。母猫との事を思い出した事で屋外に出たい欲求が溜まり続けていたからだ。その欲求を晴らすようにミーナは日々女性が施した鍵等を開錠しようと奮闘し続けていた。

だが…。

(駄目…。やっぱり外れない…。外に出られない…。お母さんの所に…行けないよ!)

必死に前足を使って窓を引っ掻くが、しっかりと錠をかけられた窓が開くはずがない。しかも鍵自体も外し難い状態になっているのだ。開錠する事は不可能だろう。それにより屋外に出られない事が決定的になってしまったミーナは不満と共に絶望を抱く。その事を示すように最近のミーナは部屋の中で鳴き声を上げ続けるようになっていた。

そんな日々を過ごしていた中だった。ミーナの悲痛な鳴き声に答えるように部屋の中に突然穴が現れたのは…。

(…？　何だろう？　光っていて…呼んでる？)

部屋に現れたその穴は光を放ち、明らかに不思議さ以上に怪しさを漂わせている。普段のミーナならば絶対に近付こうとはしないだろう。だが、この日は連日の軟禁状態により精神が大分追い込まれていたのか。彼女は不思議な穴に近付いてしまう。そればかりか穴から僅かに自分の事を呼ぶような気配を感じ取ったらしい。危険な存在である可能性の方が高い穴であるというのにミーナは近付いてしまう。何かに誘われるがままに穴の中へ侵入。侵入後すぐに出入り口が閉ざされた事にも気が付かずに進み始めた。

そうして何かに誘われるように穴の中を進んでいくミーナ。そこは何やら光に包まれた空間で今まで感じた事がないような空気に包まれた場所で、本来ならば恐ろしさを感じ引き返したくなるような空間だった。だが、当のミーナは未だに誰かに呼ばれている感覚があるのか。一向に戻る気配はない。むしろ四本の手足を踏みしめ続けながら前へと進んでいった。

するとて進み続けていたミーナは自分の前方で何者かがいる気配を感じ取る。それは匂いからして明らかに自分の母猫ではない者であった。だが、相手が何やら自分達と似た匂いをまとった存在である事。何より前方にいる者以外には誰の気配も感じなかったからだろう。進み続けている内に徐々に我に返る事が出来たミーナは、僅かに戸惑いながらも近付いていく。その姿は強まった戸惑いや動揺が表れているのか。尾と耳は垂れ下がり足音も立たなくなっていた。

そんな状態で進み続けるミーナ。すると恐怖を抱きながらも諦めずに進んでいたからか。遂にミーナは前方にいた『謎の者』の所へ辿り着く事が出来た。だが…。

（えっ…？　誰？　っていうか…人じゃない…よね？）

自分の前にいる者が様々な動物の部位を持つ存在であったからだろう。その姿を見た瞬間混乱してしまったミーナは思わず考え込んでしまう。そして戸惑いを表すように彼女の足の動きは自然と止まってしまった。

一方の『謎の者』はミーナが近付いてきていた事に気が付いていたからか。特に驚いた様子はない。それればかりか彼女の思考も分かっていたのだろう。こんな事を口にした。

『私はここの空間を守る『門番』。見ての通り獣達のような存在よ。』

『獣達のような存在…？　だから…私と同じ言葉が話せるの…？』

『謎の者』…人間や自分のような猫とは明らかに異なる姿をした者をミーナは改めて見る。よく見ればその者は顔が猿で耳は兎、手足は自分達と同じような形で体全体が爬虫類のようなウロコに覆われている。更には背中には鳥を思わせる白い翼、そして尻の所には狼の尾までもが付いていた。その姿は様々な動物の部位を掛け合わせた姿をしていて、ミーナは一瞬恐怖のような感情も抱いてしまう。だが、その者が動く度に僅かに揺れる尾の動きが、猫の本能により気になってしまったからだろう。恐怖心は僅かに薄れ、ミーナは『謎の者』に対し抱いた疑問を口にする事が出来たのだった。

するとと『謎の者』は自分の尾を気にしながらも尋ねてくるミーナを改めて見つめる。そして徐に口を開いた。

『ええ、そうよ。ちなみに私に名前はないけど、ここ…『ゲート』を守る存在だからね。『門番』って適当に呼んでくれて良いわ。』

『『門番』、さん…？　というか…『ゲート』って何ですか？　ここって…何なんですか？』

軽く自分の事を話してくれた『門番』だったが、それにより新たな疑問のようなものが芽生えたからだろう。ミーナは問いかける。するとミーナの思考を読み取っているからか。単に大抵の者達が抱く疑問を彼女が口にしてきただけだったからか。『門番』は慣れた様子で答えた。

『『ゲート』っていうのは色んな場所に行く事が出来る出入り口が集まった場所の事。要はここは世界中どんな場所にも一瞬で行く事が出来る場所って事よ。』

『どんな場所にも一瞬で…？』

『ええ。といっても、生きている者は一生に一度しか使えないし、この場所への出入り口が現れるのも珍しい事なんだけどね。でも『特別な場所』って、そういうものでしょう？』

『はぁ…。』

『ちなみに使えるのは私達のような動物…つまり獣達だけよ。私が人間大嫌いだから近付いたら弾き出しているの。その辺も一応理解していて欲しいわ。』

『？　はっ、はい…。分かりました。』

ミーナに対し『ゲート』について更に説明を続けた『門番』。だが、その言葉通り『人間』の事は大嫌い、むしろ恨みのような感情を抱いているのだろう。表情はあまり変わらなかったが、発せられる空気は心なしか怒りを漂わせたものになっていた。

そんな『門番』の変化に僅かに恐怖を抱いたのか。ミーナは更に体を震わせてしまう。すると彼女の変化に気付いた『門番』は、こんな事を告げた。

『…ああ。ごめん、ごめん。ちょっと嫌な事を思い出しちゃって怖がらせちゃったわ。あなたが悪いんじゃないから安心しなさい。』

『あっ、はい…。』

『で、さっきの話の続きね。ここは今話した通り、色んな場所に行く事が出来るような所なんだけど…。あなたは何処に行きたいのかしら？』

『えっ…？　何処って…。』

『だから話したでしょう？　何処にでも行けるって。』

『何処でも…ですか…。』

改めて『門番』に尋ねられ、ミーナは必死に考え始める。すると彼女の脳裏に『ゲート』に辿り着く直前までの記憶が過り、同時に『ある考え』が芽生えたからだろう。彼女は告げた。

『あっ、あの…！　もし何処でも行く事が出来るのなら…行きたい所があるんですけど…。連れて行ってくれますか？』

『良いわよ。教えてくれる？　あっ、それか場所を言う事が難しかったら強く想像して貰えるかしら？　そうすれば道が出来るはずだから。』

ミーナが告げた言葉に『門番』はそんな話をしてくる。それに対しミーナは頷くと強く考え始める。母猫と別れた時の出来事とあの場所を…。

その日の夜。昼間、会社でミーナの話題を出して相談したりしたからか。女性はミーナの事ばかり考えていた。更には最近のミーナの様子が過った事が原因だろうか。女性は妙な胸騒ぎを覚える。ミーナに何かが起きたような胸騒ぎを…。

（でも何で急に…？　昨日まで心配だったけど…でもここまでじゃなかった。それなのに何で…。）

帰宅途中で急に芽生えた胸騒ぎ。それに女性は自問自答するが、当然のように答えは生まれてはこない。結局、女性は急に芽生えた妙な胸騒ぎに疑問を感じながら一人帰宅していった。

だが、急に芽生えたとはいえ胸騒ぎがした時点で色々と心積もりをしておいた方が良かったのかもしれない。というのも、女性が帰宅すると室内の様子は一見すると普段と変わらなかったが、ミーナの姿が何処にもなかったのだから…。

「…ミーナ？　ミーナ、どうしたの…？」

常ならば帰宅した女性の気配に気付いたミーナが出迎えてくれた。帰宅の音に気が付かない場合にも女性の声を聞くと勢いよく飛び付いてくれた。だが、今日は女性がいくら呼びかけても姿を一向に現さない。むしろミーナが長い時間いなかった事を示すように、室内が妙に寒々しく感じたのだろう。女性の不安は大きくなっていった。

「ミーナ！　何処にいるの!?　ミーナ！　いたら返事だけでもして！　お願い…お願いだから…。」

不安を吐き出すように女性は必死に呼びかけ続ける。だが、いくら女性が悲痛な声を上げても答える者は誰もいない。ただ室内に溜まっていた冷たい空気が、静寂と共に漂い続けるだけだった。

そうして女性が絶望を感じていた頃。『門番』の言葉を受けて母猫との思い出の場所を強く考えていたからだろう。『ゲート』内で力が発動され、何やら光の穴が誕生する。それにミーナは一瞬驚き戸惑った様子だったが、生まれた光の穴から見えたのは遠い記憶の中にあった光景…母猫と別れた場所が映り込んでいたからだろう。戸惑いはすぐに薄らいでいく。むしろ懐かしい光景を見た事で気持ちが高ぶったらしい。ミーナは誘われるように穴へと入っていった。

『門番』によって生まれた光の穴に入っていくミーナ。すると最初は目も開けられないほどの強い光の中を進んでいたが、それが急に変わった事にミーナは気付く。そして目が開けられる状態にもなっていた事を察知したのだが、目を開いた事で彼女は改めて驚かされる事になる。何故なら彼女の瞳に映ったのは『ゲート』に現れた穴から見えた光景…母猫と別れた『あの場所』だったのだから…。

（…っ！　本当に来ちゃったんだ！　お母さんと約束していた場所に…！）

部屋の中に現れた不思議な穴に入り、その先で『門番』と名乗る謎の存在に出会った。更には『門番』により母猫と約束していた『あの場所』にすぐに辿り着く事が出来た。それらの出来事は何度考えても不可思議なものであり、現にミーナは驚きを隠せない。だが、周囲を見回し現状を確かめた事で、自分が本当に『あの場所』へ辿り着いた事を実感していったのだろう。彼女の中に芽生えていたはずの驚きや戸惑いは、徐々に薄らいでしまう。そればかりか自覚していった事で喜びが大きくなっていったらしい。彼女は瞳を輝かせながら木の下に座り込む。嬉しそうに喉を鳴らしながら…。

だが、ミーナが『あの場所』に辿り着いた事に喜びを感じる一方で、彼女の飼い主の女性は胸騒ぎが止まらない。無理もない。あの後、何度ミーナの名前を呼んでも返事はなく、室内は静まり返ったままだったのだ。更には静寂とした室内の雰囲気に堪えられず、部屋から飛び出した女性は屋外を捜索。同じように猫を飼っているあの主婦から以前聞いたように、物陰を覗きながら名前を呼び続けていたのだが…。

（駄目…。見つからない…！）

いくら名前を呼んでも自分の気配を周囲に漂わせても、一向に誰も答えてくれない。それればかりか女性の行動は不審なものに映ったらしい。住宅街の中であった為に時々人とすれ違ったりしたが、その時の皆の表情は戸惑いを含ませたものになっている。それだけでなく目を合わせないようにしながら勢いよく立ち去っていくばかりだ。その様子は明らかに女性の事を拒絶していて、状況によっては不快に感じてしまうかもしれないものだ。だが、ミーナを探す事に必死になっていた女性が気付くはずもない。結局、周囲の冷たい様子に気付かないまま女性は一人夜の住宅街を歩き続けるのだった。

翌日。木の下で丸まりながら眠っていたミーナだったが、周囲が明るくなり少し遠くで複数の気配が動くのを感じ取ったからだろう。瞳を開くと体を伸ばしたりする。すると体を動かした事で徐々に意識が覚醒したからか。一瞬、自分の今の居場所が分からず、ミーナは密かに混乱していたが…。

（そうだ…。昨日、ここに来たんだ…。お母さんと約束していたこの木の下に…。）

周囲を見回している内に、すぐに昨日の事を思い出す事が出来たらしい。動揺により妙に早まっていた鼓動は徐々に落ち着きを取り戻していく。そして落ち着いた事で思考も冷静さを取り戻したのだろう。ミーナは当初の目的である母猫を改めて待ち始めた。

だが、落ち着きを取り戻していたはずのミーナの鼓動は再び乱れる事になる。いくら待っても母猫は一向に現れなかったのだ。それればかりか諦めずに待ち続けているミーナの姿を他の猫達が遠巻きに見ていたのだが…。

『…あれ？　久し振りにあの木の下に誰かを待っているっぽいヤツがいるぞ？』

『そういえば…この前まで待っている子がいたな。』

『ああ、いたな。けど…あの子の母親？　っぽいヤツって死んだよな？　少し前に。』

（えっ…。）

自分の事を遠巻きに見ながら、そんな会話を繰り広げる猫達。だが、彼らにとっては雑談のつもりでも、それを聞いたミーナは胸騒ぎを覚える。直感で亡くなった猫が自分の母である事を察知したからだ。それでも信じたくない気持ちが大半だったからだろう。ミーナは会話を繰り広げる猫達に問う事もせず、木の下に留まり続けるのだった。

そんな状態でも木の下に留まり続けていたミーナ。だが、この後に彼女は結局絶望を味わう事になる。何故なら…。

『あれ…？　もしかして…シロじゃない？』

『…っ！　お姉、ちゃん…。』

　母猫を待ち続けていたミーナの前に現れたのは自分の姉の猫だった。彼女は再び母猫となっていたらしい。傍らには二回り小さい姉に似た三毛や黒白、そしてミーナに似た白い毛の色をした幼さの残る猫達がいた。それらの姿は幼い頃の自分と母猫との姿を思い出させるものだったからか。ミーナは思わず息を呑む。それでも姉から昔呼ばれていた自分の名を口にされた事で我に返る事が出来たのだろう。ミーナは改めて自分の近況と、ここに来た理由を告げたのだった。

　だが…。

『そう…。あなたはお母さんを探しに来たのね。』

『うん…。ここで待つ約束をしたから待つ事にしたの！　少し時間が経っちゃったけど、お母さんなら迎えに来てくれると思うから…。』

『無理よ。』

　待つ意志を改めて口にしたミーナだったが、そんな彼女の決意を打ち壊すように姉猫は告げる。更には彼女からの言葉に一瞬固まってしまうミーナに対して続けたのだ。母猫が既に亡くなっている事を…。

『死んだって…嘘でしょう？』

『嘘じゃないわ。彼…私の旦那さんの弟さんが少し前に見ていたの。『君のお母さん猫が車にぶつかって亡くなった』って…。前、旦那さんと結婚する時に彼もお母さんと会った事があったから間違いないと思って…。』

『…んな事…い。』

『？　シロ？』

　母猫が既に亡くなっている事や、教えて貰った時の事を姉猫は伝えようとした。それでも当然ミーナは信じる事が出来なかったのだろう。様子の変化に気が付いた事で不思議そうにする姉猫に向かって告げた。

『そんな事ない！　お母さんが死んじゃったなんて嘘だよ！』

『シロ…。』

『だって…！　お母さんは『約束』してくれたんだもん！『この木の下で待ってなさい』って！　お母さんは『約束』を破った事ないもん！　だから今も迎えに来てくれるはずだもん！』

『シロ、落ち着いて…。』

『うるさい！　嘘を吐くお姉ちゃんなんて知らない！　あっち行って！』

『シロ…っ!?』

　様子がおかしくなった事を感じ取った姉猫は心配そうにミーナを見つめていた。だが、そんな彼女に対してミーナは叫ぶように声を発してくる。それも自分が知っている事を怒りを含ませながら否定してくるからだろう。姉猫の戸惑いは強くなってしまう。そして自分の子供達がミーナの様子に恐怖を抱き逃げてしまったからか。姉猫も追いかけるようにしてミーナの前から離れてしまい、二度と姿を現す事はなかった。

そうして姉猫も姿をけしたからだろう。ミーナは再び一匹だけになってしまう。更にはミーナの怒りが遠巻きに見ていた者達にも伝わってしまったのか。皆は逃げるように去ってしまい、いつの間にか周囲は静寂に包まれる。それは母猫を待つと決めたミーナにとって誰にも邪魔されなくなった事を意味し、喜ばしい状況になったともいえるのだが…。

(なのに何で…？　何でこんなにざわざわしてるの…？)

母猫を待つ事に対する想いは変わらないが、直前に姉猫に言われた事は確かに何らかの影響を与えてしまったらしい。それを示すようにミーナの胸の奥は妙に騒がしくなり、鼓動が早まっている事も自覚する。だが、母猫を待つ意志を変えるつもりはないからか。胸騒ぎを感じても、その場を動こうとはしない。むしろ時間の経過と共に色を変えていく空を見つめながら、その場に留まり続けるのだった。

一方、その頃。ミーナの飼い主である女性は仕事を終え買い物も行って帰宅している途中だったのだろう。片方に品物が入ったレジ袋を掴み、もう片方には常に持ち歩いているハンドバッグを手にしながら歩いていた。だが、その表情は勤務後だというのに晴れやかな様子ではない。むしろ何やら考え込んだ様子だった。というのも、ミーナが行方不明になった事をあの主婦でもある女性社員に相談したのだが…。

（『拾った所にいるんじゃない？』って…何よ、それ？　意味が分からないわ。）

主婦に相談した時の事を思い返していたが、彼女の表情は終始険しいままだ。無理もない。苦しみを感じながらミーナがいなくなった事を話したというのに、相手の主婦が口にしたのは『元の場所にいる』というものだったのだ。しかも確証があるわけではないのだろう。答える主婦は曖昧な笑みを浮かべるだけだった。それにより女性の中で自然と苛立ちのようなものが芽生えてしまったらしい。その証拠に主婦にお礼らしいお礼も言わず立ち去ってしまったのだった。

そんな昼間の出来事を思い返しながら歩き続ける女性。だが、時間が経過したからか。昼間は腹が立って主婦の所から逃げ出したというのに、今はそれに後悔し始めている事も自覚していた。主婦なりにミーナがいなくなり悲しんでいた自分の事を、気遣ってくれたと分かっていたからだ。それにより女性は翌日謝罪する事を決意する。そして同時に『ある事』も考えていた。それは…。

「ミーナを見つけた場所か…。」

主婦が言っていた事は何の確証もない。だから『あの場所』に行っても意味はないのかもしれない。それは頭では分かっていた。だが、直感で『このまま何もしなければミーナは帰ってこない』と思ったのだろう。女性は行動を起こす事を決意する。ミーナを拾った場所へと向かう事を…。

女性がミーナを探し出す為の行動を起こす決意を改めて固めていた頃。当のミーナは密かに追い込まれていた。母猫を待つべく『約束の場所』から動かなかった事で段々と空腹になった事。更には小雨が降り始めたからだろう。ミーナの気力と体力は確実に削られていく。そして削られた事で体の辛さも自覚してしまったらしい。それに従うようにミーナはうずくまり、瞳も閉じてしまうのだった。

どれぐらいの時間が経過しただろうか。周囲の景色は夜を示す紺色のものから、更に時間が経過した事を表すように闇が深まっていた。だが、気力も体力も削られていた事で意識も失っていたのだろう。ミーナはかなり時間が経過していた事にも気が付かなかった。

そうして意識を失っていたミーナだったが、何となく自分の傍に誰かがいる事に気が付く。すると僅かな気配に促されるような形で開いた彼女の瞳に驚くべき光景が映り込む。それは…。

（…っ!?　お母さん…！）

突然とはいえ自分がずっと会いたいと思っていた母猫が目の前に現れたからだろう。最初は驚きにより戸惑いを強めていたミーナだったが、それはすぐに落ち着いていく。むしろ直前の姉猫からの話を忘れてしまうほどに芽生えたのは強い喜びだったのだろう。ミーナは母猫に駆け寄ろうとした。

だが、芽生えた強い喜びはすぐに消えてしまう事になる。喜びを全身で表すように勢いよく飛び付こうとしたが、ミーナの体は母猫に全く触れられなかったのだ。それも一度だけではない。何度ミーナが母猫に向かって飛び付こうとしても、その体はすり抜けてしまったのだ。それでも当のミーナはいつか母猫に触れられると思っているのか。地面に何度叩き付けられる事になっても、飛び付く事を一向に止めないのだった。

一方の母猫は自分に飛び付いてくる娘の事を無言で見つめ続ける。だが、実体がない事に徐々に気が付いていっても飛び付き続ける事を止めない娘が可哀想だと感じたのか。はたまた既にこの世に存在出来なくなっても、娘に対する愛しさはずっと持ち続けていたからか。母猫は自分に飛び付く事に失敗し地面に突っ伏してしまった娘に対し告げた。

『…もう止めなさい。あなたも分かっているでしょう？　私がもうこの世にいない事を…。』

『…っ！』

『急にいなくなった事は謝るわ。本当にごめんなさい。『約束』も…守れなくてごめんなさい。だけど…許してね。私もちゃんと戻ってくるつもりだったの。『約束』を守るつもりだったの。だけど私も守れなくなるとは思わなかった。車にぶつかるとは…。』

『止めて！』

ミーナの所に帰ってこられなくなった理由や心情を打ち明けていく母猫。それでも当の娘猫であるミーナは母猫の死を受け入れたくなかったからだろう。話し続ける言葉を止めさせるように声を上げてしまう。もっともミーナ自身も既に母猫が亡くなっている事は直感で分かっていたのだが…。

そうして母猫の言葉を止めさせたミーナだったが、深い悲しみにより気分も落ち込んでしまったからか。母猫に飛び付く事は止めたが、その顔は俯き見えないものになってしまう。だが、母猫は表情が見えなくても娘の心情を察してはいるのだろう。それを示すように自ら更に近付くと、こんな言葉を口にした。

『本当にごめんね…。突然死んでしまって…。今まで何も言わなくって…。ごめんね…。』

『…っ。』

『だけど…これだけは分かって。私はちゃんと…あの日もあなたの所に帰るつもりだったの。あなたは私にとって大切で…とても愛しい娘だったから…。』

『お母、さん…！』

僅かに涙を滲ませながらも微笑みを浮かべて告げてくる母猫。すると母猫の涙を初めて見た事で密かにミーナは動揺してしまう。だが、それ以上に言葉の内容を理解した事で強い喜びが自分の中で芽生えている事も自覚したらしい。彼女の様子は母猫の死を察知した時の苦しさや悲壮感とは違って、穏やかなものに変わっていく。そして沸き起こった想いのままに母猫に抱き付こうとすれば、ミーナの様子が変わった事に影響したのか。今度は母猫に触れる事が出来て、抱き付く事にも成功する。それによりミーナは最後に母猫の温もりや香りを味わう事も出来たのだった。

それから更に時間は経過して。遠くから音が聞こえ、体に風が当たる感覚があったからだろう。ミーナは瞳をゆっくりと開く。すると母猫の姿は消えていて、代わりに母猫に再会する前…道路や住宅等が建つ街の光景が広がっていた。

（そう、だよね…。やっぱり…夢だよね…。）

急に芽生えた様々な感覚から母猫に出会った事は夢の中の話で、現実とは違うものであるのは何となくでも分かっていた。それでも今目の前に広がる光景と、直前まで見えていた母猫が消えていた事がミーナの心を乱してしまったらしい。その証拠に心の中の言葉は納得しているように呟いていたが、表情や漂う空気は重苦しいものに変わっていた。

だが…。

（…あれ？　この匂いって…。）

直前まで母猫と会っていた出来事が全て夢である事を悟り、ミーナは絶望していた。だが、それらの感情も自分の体から僅かに母猫の香りがしてきたからだろう。その事に驚きや戸惑い以上に喜びが芽生え始めているのをミーナは自覚する。母猫と会えた事が夢であっても、全てが夢ではなかったと思えたからだ。そしてその事がミーナの心情や思考を少しずつ変える力になったらしい。現に少し前までとは違って、ミーナは『母猫を探そう』という素振りは見せなくなる。むしろ彼女の中で芽生えたのは『あの場所』…自分を拾ってくれた人間の女性の所へ帰る事を望むものだったのだろう。母猫との約束の場所であった木から離れるように歩き始めた。

そんなミーナの想いは不思議と通じていたようだ。何故なら…。

（…っ！　あの人だ！）

自分に少しずつ近付いてくる馴染みのある香りや足音が聞こえてきたからか。それらの方向に向かってミーナは勢いよく駆け出す。すると彼女が感じ取った様々な感覚は、やはり間違ってはいなかったらしい。その証拠にミーナが駆け出した先には、自分を可愛がってくれていたあの女性がいた。どうやら自分の事を探してくれていたらしく、ミーナが大好きな鳥のささ身を持ちながら体勢を低くして周囲を見回している。その姿にミーナは答えるように一つ鳴き声を上げると、驚いた様子の女性に飛び付く。そして抱き付くと再会の喜びを女性に伝えるべく、喉をゴロゴロと鳴らした。

　こうしてミーナが一つの旅を終え、女性の所へ帰っていった頃。そこの世界とは少し違う場所…ミーナが一度飼い主の女性の部屋で見つけ、入り込んでしまった『ゲート』という所ではある事が起きていた。彼女に自ら『門番』と名乗っていた者が密かに窓のようなものから監視を行っていたのだ。しかも一通り見ていた『門番』は満足したのか。自分の背後にいる者に向かって、こんな事を告げた。

『どうやらあなたの娘…今はミーナって言ったかしら。あなたとの別れに納得したのか離れていくみたいよ。』

『そう、ですか…。』

『ええ。良かったんじゃない？　これであなたは変に留まり続けなくて済むわ。それだけじゃなくて虹の橋を渡って本格的にあちらの世界で過ごせるようになるわよ。』

『はい…。ありがとう…ございます…。色々と…力…して…れて…。』

『門番』の背後にいた者…ミーナの母猫は、窓から娘を見てしまうと再び迷いが生まれてしまうのか。窓の方を見つめてはいるものの、近付いて覗こうとはしなかった。だが、『門番』からの話でやはり安心はしたらしい。それを表すようにお礼の言葉を告げながら消えていった。

　一方の『門番』は直接見つめなくても母猫のその変化には気が付いていたらしい。彼女が消えてしまった後に振り向いたが、特に驚き戸惑った様子はない。むしろ母猫がいた所を見つめながら呟いた。

『まったく…母娘で世話が焼けるわね。』

呆れた様子で小さく呟いてしまう『門番』。無理もない。あの母猫は自分が亡くなった後、よほど娘猫の事が気がかりだったのか。我に返ると娘との約束の場所である木の下に留まり続けていたのだ。更には動物達からその話を聞いた『門番』が立ち寄ると、『ゲート』に入った母猫は頼み込んできたのだ。『娘猫がもう少し大きくなったら『約束』を果たしたい。』という事を…。

『気持ちは分からなくもないけど少し大変だったわ。あの娘がある程度大きくなるまで待たなきゃいけなかったし、『約束』を思い出させる為の夢は見させなきゃいけなかったし…。そしてここの出入り口をあの娘のいる所まで持っていって、再会も果たさせなきゃいけなかった…。本当に面倒臭かったわ。こんな力や立場とかがなかったら絶対にやらないんだから。』

あの母娘猫と出会い深く関わってしまった事が相当面倒に感じていたのか。独り言のように『門番』は文句を口にし続ける。それでも自分の存在が動物達と関わり救う立場だと自覚もしているらしい。その証拠に『門番』は文句を口にしながらも、そこまで不快な様子は見せない。むしろ呆れた様子で呟きながらも、母猫がいた所を見つめる瞳は心なしか温かいものであった。

　そんな『門番』がいる不思議な空間『ゲート』。そこは今も生きている者だけでなく、既に魂だけとなってしまった動物まで通っていく場所だ。それぞれに抱く想いを果たす為に――。

番い～ポータ～

『この世界の何処かに、きっと俺に相応しい場所があるんだ。だから俺は探し続ける。たとえ一生一羽で過ごす事になっても――。』

　世界中に数多くの種類がいると言われている鳥類。その中には生まれ育った国や地域に留まり続け、中で出会った仲間の中で数を増やす種類。更に渡りを行う事で辿り着いた先で出会った相手と番い、家族を作っていく種類もいる。そうして子孫を増やし命を繋いでいく鳥類だったが、『少しでも自分の遺伝子を残したい』という本能からか。一生を同じ相手と番う種類もいたが、繁殖期の度に違う者と番う種類も当然いるのだった。

そんな種類ごとに様々な形で番いを作り子孫を増やしていく鳥類。その中でも『ある種類』…鳩は有名な鳥であった。それは『一度番うと一生同じ相手と添い遂げる』という内容で、その話から互いに対する絆の深さを表す存在として表現される。そして絆の深さから『平和の象徴』とも表され、国によっては大切にもされていた。

だが、一方的に奉る人間達とは違って当の鳩達は少し大変だった。一度自分の伴侶を決めてしまったら一生相手を変える事が出来ないからだ。もちろん相性が合わないと感じてしまった者は新たな伴侶を探したりするだろう。だが、仲間達の目が気になってしまう事。何より本能で『同じ者と添い遂げたい』と思ってしまうらしい。たとえ相手に気に入らない部分を見つけてしまっても大半の者が伴侶を変えないのだった。

そうして環境だけでなく本能でも同じ相手と番い続ける事を、生まれた時から植え付けられている鳩。その中にポータという一羽の雄もいた。彼は約一ヶ月前に巣立ちを終え、後三ヶ月ほど経過すれば初めて繁殖が可能な時期に入る。つまりは一生を共にする伴侶を決め、番いを作らなければならないのだ。それはポータだけでなく同時期に生まれた他の者達、更には未だ自分の番いを見つけられていない鳩達も含まれていたからだろう。彼らがいる街は妙な賑わいがあった。

だが…。

『…別に慌てなくっても良いんじゃねぇ？』

繁殖に適した時期が近付くにつれ賑わいと共に、変に殺気立つ周囲の様子に呆れてしまったのか。はたまた自分が若いと分かっているからか。ポータは騒ぐ周囲を淡々と見つめる。それだけでなく自分の想いに同調して欲しいと内心考えていたのか。思わず呟いてもしまう。すると彼と同時期に生まれ育った者達は、やはり若いのだろう。ポータの言葉に同調するように頷くと騒ぎ始めた。

『そうだぞ！　俺達は今度が初めての繁殖期ってやつなんだ！　まだ時間はある！　だから今は探さなくて良いんだ！』

『そうそう。大体、皆が騒ぎ過ぎなんだよ。『早く選んで番わないと一生一羽で過ごす事になるぞ！』とか父さんや祖父さん、それと他の大人達も言うけどさ。皆、ちゃんと見つけたり選んだり出来ているんだからさ。余計なお世話だよ。』

やはり自分達がまだまだ若い事を自負しているからか。家族が助言してくれた事に感謝はせず、むしろ不満げな言葉を口にし続けている。その様子は生意気とも感じられるもので、見て聞いた者によっては腹が立ってしまう姿だ。だが、そこには口々に言い放つ若い鳩達ばかりが集まっていたからだろう。生意気な彼らに忠告する者は誰もいなかった。

だが、そんな若い鳩達にも徐々に変化が現れ始める。繁殖に適した時期に入ると『自分の子孫を残したい』という本能が大きくなったのだろう。若い鳩達の大半が異性を気にするようになっていく。そして遂に本能に負けた者達を中心に求愛を開始。中には求愛が失敗してしまい落ち込む者もいたが、多くの鳩達が成功する。それにより本能に突き動かされた事が発端とはいえ、多くの鳩が『一生の伴侶』を得て番いを作っていった。

そうして周囲が徐々に番いを作っていくが、その中にポータは含まれていなかった。元々、伴侶を作る事…むしろ異性にあまり意識しない性格だったのだろう。同世代の仲間達がいくら盛り上がっていても特に彼は変わらない。騒がしい皆を横目に見ながら以前と同じように自由に飛び回って過ごすばかりだ。その様子は明らかに番いを見つけようとはしておらず、ポータの親達は心配し始める。それでも彼以外にもまだ伴侶を見つけていない鳩も実際にいたからか。ただ単にポータの親らしく焦り易い性格ではなかったからか。たまに注意をする程度だった。

だが、親達と違って祖父は許す事が出来なかったらしい。それを表すように祖父は会う度にこんな事を告げた。

『…お前、いつになったら伴侶を見つけて番いを作るんだ？　わしがお前の年齢の頃にはもう祖母さんを見つけて番いを作っていたぞ？　それだけじゃない。お前の父や叔父達も生まれて一つの家族を作っていたんだぞ？　それなのにお前はどうだ？　伴侶を見つけるどころか探したり決めようともしない。他の皆は少しずつ番いを作り始めているというのに…。』

可愛い孫でもあるポータの事がよほど気がかりなのだろう。祖父は毎回そんな事を告げては、ポータに番いを作る事を促そうとしてくる。それでも当のポータは言う事を聞こうとはしない。むしろ自分とポータを比べるような事を口にしてくる祖父の姿に腹が立ってしまったらしい。祖父に対する態度は益々悪くなるばかりだった。

そして遂に僅かに芽生えた苛立ちが爆発してしまったのだろう。ある日、いつものように番いを作る事を促してくる祖父に向かって言い放った。

『うるさい、うるさい！　何だよ、毎回毎回！『伴侶を見つけて番いを作れ』ばっかり言って！　そんなに番いを作る事が偉いのかよ!?　作らないような奴は生きていちゃ駄目なのかよ！』

『そんな事は言っていない。ただ早く番いを作って欲しいんだ。じゃないと…。』

『もういい！　そんなに自分の自慢をしてうるさく言うなら出ていく！　ここには帰らない！』

『っ!?　ポータ！』

芽生えた感情のままに荒い口調で言い放つポータ。その勢いは凄まじいもので、原因ともいえる祖父でも当然戸惑うほどだ。だが、ポータは言葉を口にするだけでなく本気で出ていくらしい。その証拠に祖父だけでなく両親や親戚達に背を向けると飛び立つ為に身構えた。

『ちょっ…！　待ちなさい！』

『ポータ！』

背後から自分を止めようとしている声がポータには聞こえていた。それでも彼が止まる事はなく、枝を強く蹴り跳び上がると翼を広げ動かして飛び去ってしまう。皆に別れの言葉を告げる事なく…。

こうして祖父に腹を立てた事が原因で家族の元から出ていったポータ。その苛立ちは深いものだったらしい。家族の元どころか友人達も多くいた集落からも離れたりするほどだ。それに彼の幼馴染みのような存在でもある同世代の若い鳩達は当然気が付いたのだろう。連れ戻そうと考える者もいた。だが、彼らは彼らなりに自分達の生活がある事。何よりポータよりも『伴侶を見つけ番いを作りたい』、『家族を持ちたい』という生殖本能が強いからか。ポータの事だけを考える時間は必然的に減っていく。結果、彼を追いかけ実際に探し回る者は現れなかった。

一方のポータは自分で家族や群れの元から出ていった事を早くも後悔し始める。元々、焦らず何に対しても積極的に動く性格ではなかったからか。はたまた既に出来上がっていた群れの中に入る事自体が無謀であったのか。別の群れを見つけては度々行動を共にするものの、そこの鳩達とは微妙に動きが合わないらしい。すぐに群れの中にいる他の鳩達から睨まれ、置いていかれたりするようになる。そして精神的に追い込まれても相談出来る相手も作れなかったのだろう。最終的には入った群れから出る羽目になるのだった。

そうして群れを転々していたポータだったが、一向に元の場所へ帰ろうとしない。既に祖父に対する怒りは静まっているのにだ。当然、怒りが静まっている事で他の群れから外される度に心の中に親や幼馴染み達の姿が過ってはいたのだが…。

（けど…戻れないよ…。何て言って戻れば良いのか分からないし…。そもそも帰ったら帰ったで祖父ちゃんにまたうるさく言われたら嫌だしな…。）

自分の中で怒りが静まったとはいえ、帰ろうと思うと色々と考えてしまうのだろう。気持ちとは裏腹に体は動こうとはしない。そして体が動かない事を理由に、ポータは元の群れへ戻ろうとする想いも封じ込めてしまったらしい。その証拠に別の群れを転々としながら日々過ごしていた。

親達がいる群れから離れて、どれぐらいの時が経過したのだろうか。何度も季節の移り変わりを感じ、周囲の風景も建物が増えたりと変わった事から数年の時が過ぎたと思われる。だが、どれほど時が流れようともポータには伴侶が出来ていないらしい。それを表すように彼は群れを転々としながらも、相変わらず一人で過ごしていた。

そうして元の群れに戻らず過ごしていたポータだったが、あれから更に時間が長く経過した事。更には『ある噂』を聞いたからだろう。親達がいる群れに戻る気持ちを強く感じていた。それは…。

(…『俺の親や友人達がいた群れが壊された』だなんて嘘に決まっている。けど…一応確かめないと…!)

最近までいた群れの中で他の鳩達が話しているのを聞いてしまったポータ。それによると最近カラスや『人間』が群れを襲っているのだそうだ。それもカラスは自分達の食料として、『人間』は見た事のない道具や自分達の天敵を使ったりしているからだろう。容赦のない手段により鳩達は負傷し、子孫を残す事も困難になってしまう。その結果、確実に群れは縮小化。元々の数が十羽以下の群れの場合は消滅してしまう事もあった。

そんな風に繰り広げられていた自分達…鳩に対する攻撃。すると群れを転々としながら生き延びていた矢先に、『親達がいた群れも攻撃の標的になった』という情報が入ってきたのだ。最初は当然信じていなかったポータだったが、群れを転々としていた際に内部から容赦ない攻撃を見ていた事。そして攻撃を受けた皆が苦しむ姿を見ていたからだろう。胸騒ぎは強まる一方だ。それにより元の群れの方に向かう決心が固まったポータは、ある日の早朝に一羽で旅立っていく。相変わらず孤独である事を表すように誰にも見送られずに…。

一羽で寂しい旅立ちをしたポータ。すると自分が思っている以上に元の群れにいる親達の事が心配であったのだろう。ほとんど休まず飛び続けていたというのに疲労を全く感じなくなる。それればかりか周囲の景色が以前と変わっていても、自分の中に宿る帰巣本能で元の群れに確実に近付いている事を察知したらしい。進む速さは益々上がっていく。だが、動きは戻ろうとしている事を表していても、皆に近付くにつれ胸騒ぎが強まっていったらしい。それを示すように彼から漂う空気は重苦しいものになっていた。

そんな胸騒ぎを抱え、重苦しい空気も漂わせたまま移動したのが悪かったのか。ポータが感じていた悪い予感は的中してしまう事になる。彼の瞳に明らかに縮小化した元の群れが映ったのだから…。

（…っ!?　一体、何が起こったんだ!?）

出ていく直前とは違い寂しく見える群れの様子にポータは思わず固まってしまう。だが、強い戸惑いにより声を発する事が出来なかった彼は、当然誰にも問う事が出来ない。翼を動かしながらその場に留まりつつ見つめるばかりだった。


すると無言で見つめる事しか出来なかったポータに気が付いたらしい。複数の鳩が彼に向かって飛んでくる。それは…。

『…ポータ？　ポータ、なの…？』

『ポータだ！　ポータが帰ってきた！』

『おかえり！』

『母さん…。皆…！』

近付いてきた鳩達は自分達の群れを荒らす者だと思ったのか。最初は警戒心を漂わせながらポータに近付いてきた。だが、距離を縮めていく内に相手が自分の息子だと分かったのだろう。ポータの母は思わず声を漏らす。そして彼女が呟いた言葉を発端にポータの幼馴染み達も相手が彼だと分かったのだろう。喜びを含ませた様子で声をかけたのだった。

一方のポータも母や幼馴染み達が無事だと分かったからか、一瞬であるが安心もする。だが、皆の呼びかけに答えながらも、明らかに様子が変わってしまった群れを目の当たりにしたからだろう。再会出来た喜びはすぐに消えてしまう。むしろ寂しさ等の負の感情が強く湧き上がったのを自覚したからか。ポータは気まずそうに視線を巡らせながら呟いた。

『その…ただいま。戻らなくてごめん、なさい…。祖父ちゃんにまた色々と言われたら嫌だから…帰れなくって…。』

『ポータ…。』

『それより…他の皆はどうしたの？　祖父ちゃんや、父ちゃん…。兄ちゃん達は？』

一度話し始めると言葉が止まらなくなってしまったらしい。周囲に視線を巡らせながら続けざまに尋ねる。すると母達は出ていった相手でも、自分の家族で仲間でもある彼に話しておきたい事があったのか。互いに顔を見合わせた後に小さく頷き合うと話し始めた。


群れの様子が変わってしまったのはポータが離れた後の三度目の冬だった。その前…ポータがいなくなった次の春頃から確かに群れのある土地にいる『人間』の数が徐々に増加。何だか騒がしくなり始めた事に気が付いてはいた。そして自分達の数が増えた事で住処も大量に必要になったらしい。季節が変わるごとに建物の数も倍増し、逆に木々や土は減っていった。

だが、木々や土は確実に減っているというのに、『人間』にとってはまだまだ足りなかったらしい。その証拠に草木は確実に数が減っているというのに『人間』達が伐採を止める様子はない。土も『アスファルト』と呼ぶものを塗り続けた事で隠れてしまい、夏になると暑さが増して過ごし難くなってしまった。それでも元々この場所に住んでいた動物達が簡単に移動出来るはずもなく、皆は身を寄せ合いながら暮らしていた。

そんな状態で過ごしていたが、状況は更に悪化する事になる。自分達の住処を増やす事ばかりを考えていた『人間』達が、残された草木にまで手を出し始めたのだ。その草木の中にはポータの親や幼馴染み達がいる群れが寝泊まりしていた場所も含まれていたからだろう。皆は動揺してしまう。それでも数少ない住処であるからか。そこを守るべく『人間』に立ち向かう事にした者も現れた。

だが、相手は動物達よりも知能を持っていると自負している『人間』達だ。動物達が邪魔してくるのを察知すると追い出す事を考え始める。そして火を吹き大きな音を立てる物や、大半の動物達にとって天敵である鷹を用意。実際に使用する事で動物達を追い払い始める。そればかりか音や鷹で少しずつ動物達の数が減っていくと、見計らったように草木を更に伐採。皆が身を寄せ合っていた所も被害に遭った。

更に動物達にとっての苦しい状況は続く。『人間』に身も心も追い込まれたカラス達が今まで以上に動物達に攻撃するようになったのだ。しかも攻撃し甲斐があると思ったのか。対象は自分達と同じぐらいの大きさの体を持つ者が多い鳩ばかりだ。その勢いや凶悪さは恐ろしくヒナや女達だけでなく、群れを守り束ねてもいた男達にまで及んでいく。すると容赦ないそれらの攻撃により、群れの中の鳩達は次々と傷を負ってしまう。そして最終的には傷が原因で亡くなってしまうのだった。

それらの出来事を思い出しながらポータに語る母と幼馴染み達。すると聞いてしまった皆の話にかなり動揺したのだろう。ポータは何も言えず固まってしまう。だが、皆の話は止まらず、こんな言葉が続けられた。

『力のある男達はほとんど皆死んでしまった…。あなたのお祖父さんやお父さん。お兄ちゃん達もね。』

『同じ時期に生まれた男達もよ。番いを作っていた子達だけじゃない。あなたと同じでまだ伴侶を選んでいなかった子達も死んだの。』

『そして…きっと私達ももうすぐ死ぬわ。気が付いているとは思うけど…私達も前に傷を負ってて…。ずっと痛くて苦しいの。だから…。』

『そ、んな…。』

再会した時に母や同世代の女達ばかりしかいなかった事。それだけでなく彼女達の動きが悪かった事には何となく気が付いていた。だが、自分が出ていって随分時が経過していた事もあり、その違和感を見て見ぬふりをしていた。それでも母や数が明らかに減ってしまった幼馴染み達から自分がいない間の出来事を聞かされたからだろう。ポータは否応なしに受け入れる事になる。そして理解し受け入れた事で動揺が強まったからか。ポータの声は力を失ったものになり、更には虚ろな表情を浮かべるのだった。

そんなポータの様子を母達は見つめる。それでも互いの顔を見合わせると『ある決意』を固めたのか。ポータにこんな事を告げた。

『あなたのお祖父ちゃんや、お父さん。お兄ちゃん達はずっとあなたの事を気にかけていた。あなたの傍に誰かいてくれる事、家族が出来る事も望んでいたわ。もちろん私達もね。』

『母さん…。』

『うんうん。私達も同じ気持ちだよ。だからね、ポータ。ここから離れた方が良いよ。皆の願いを叶える為にね。』

『そうだよ！　ここにいたらポータもすぐに死んじゃうの。それはね、何か嫌なの！　だから…出ていって！　少しでも早く！』

『…っ！　皆…。でも…。』

過去の話を聞かせてくれただけでなく、更に自分の身を案じてくれた事もポータは察した。だが、皆の苦しい状況を聞いた事で一気に離れたくなくなってしまったらしい。ポータは体を動かす事が出来ない。以前出ていった時には怒りが発端とはいえ、あんなにも勢いよく飛び立ったというのにだ。それでも彼の心情を分かっていても母達の想いの方が強く、他の皆も同じ気持ちを持っていたのだろう。ポータの母と幼馴染み達だけでなく、他の傷を負った鳩達も動き始める。そしてポータを取り囲むように移動すると次々と襲撃。群れから引き離そうと動いていた。その様子に母達からの話で未だ立ち直れていないポータは当然戸惑いを強めるばかり。むしろ話を聞いた事で群れから離れたくなってきた自分を、皆が有無を言わさず一方的に追い払おうとしてくるからか。思わず対抗しようとも考えた。

だが…。

『お願いだから…ここから離れてくれ！』

『頼むよ、ポータ！　お前だけでも…生き残って…。』

（…っ！）

自分の事を容赦なく追い払おうと動きながらも、そんな事を皆は口々に告げてくる。それも皆の様子から体を痛めている事にも気が付いたのだ。だからこそポータは母や幼馴染み達だけでなく、他の皆も自分の事を想っているのを悟る。そして悟った事で何だか温かいものが胸の中に芽生えたのも自覚したらしい。皆の想いに答えるようにポータは飛び去っていく。今回で永遠の別れになる事も悟り、謝罪と惜しむ気持ちを抱きながら…。

そうして皆から追い出されるように群れから再び出ていく事になったポータ。すると頭の中で最初に自分が群れから離れた時の光景や、先ほどの皆の姿が過っているのだろう。それから逃れたいとも思ったらしく、ポータの飛ぶ勢いは一向に落ちない。むしろ最初に群れから離れる前の楽しかった記憶が何度も過っているからか。ポータの苦しみは強くなる一方だ。後悔の念が芽生えていたのだから…。

（俺のせいだ…。俺が…！　俺が離れなければ…皆は死なずに済んだかもしれないのに…！）

勢いで群れから出ていったとしても、周囲の環境は恐らく変化していた。だからこそポータが留まり続けても群れの変化は止められなかっただろう。それは何となくでも分かってはいる。だが、それでも考えずにはいられなかったのだ。少なくても祖父や父、更に兄達の最期を見守る事は出来たはずなのだから…。

そんな後悔の念に押し潰されながら飛び続けて、どれほどの時間が経過しただろうか。気が付くと自分の事を群れから追い払おうとしていた仲間達の姿は何処にもない。むしろ周囲には姿だけでなく誰の気配も感じないからだろう。夜特有の暗さと相まって妙に静まり返った空間を作り出している。その静けさは今まで色んな所に行った事があるポータですら僅かに恐怖を感じてしまったらしい。それを表すように周囲を見回しながら飛び続けていた。

するとと孤独に押し潰されそうな感覚になりながらも、自分の居場所を見つけられていない為に飛ぶ事しか出来なかったからか。周囲を見渡しながら飛び続けていたポータに『ある出来事』が起きる。それは…。

（…？　何か…光がある…？）

あてもなく飛び続けていた事で肉体的にも精神的にもポータは確かに疲労していた。そんな彼の事を何者かが何処かで見ていたのか。突然、彼の進行方向に光が現れる。それも接近した事でポータは気付いた。宙に浮いただけの光に見えたものは穴になっていた事。その光の穴が何となく自分を誘っているように感じた事に…。

（これは一体、何なんだろう？　まぁ…良いや。入ってみれば…。）

帰る場所を失っている事で自暴自棄になっているからだろう。明らかに怪しい存在であるというのにポータは光の穴に入っていく。そして彼が入った事で当初の予定が達成されたのか。光の穴はすぐに跡形もなく消えてしまう。更には光の穴が現れている間は時の流れが普段と少し違っていたらしい。その証拠に穴が消えた後、すぐに空気の流れが発生。夜行性の動物が姿を現し、傍にある道路にも車が通り始める。まるで光の穴が現れていた間だけは夢の時間だったように、普段と何ら変わりない光景に戻っていた。

一方のポータは既に光の穴の中に入っていたからだろう。入る直前まで異様な状況であった外の世界が、元に戻っていった事にも当然気が付かない。むしろ光の穴に入った事や、その中で少しの間飛び続けていた事に今更ながら後悔していた。何故なら自分の前に『人間』や動物とは思えない、『不思議な姿をした存在』がいたのだから…。

（っ!?　一体、何者なんだ!?）

祖父との喧嘩を発端に元の群れから出ていった後、彼は色んな場所に行き度々群れにも入っていた。だが、どの場所や群れの中でも今自分の前にいる者の姿をした動物はいなかったからか。見れば見るほど戸惑いは強まる一方だ。それを表すように少し前まで飛び進めていた動きは完全に止まり、翼は動き続けているもののその場に留まるのだった。

そんなポータの様子に『不思議な姿をした存在』は当然気が付いていたのだろう。驚きや戸惑いで動けなくなっているポータに自ら近付いてくる。そして自分の方を見て逃げる事も進む事も出来ない彼に向かって告げた。

『えっと…そんなに警戒しないで貰えるかしら？　一応、あなたの中で密かに芽生えた考えに答える為に穴を出現させたんだから。この空間…『ゲート』に誘う為にね。』

『『ゲート』…？　っていうか、俺の考えって…。』

『？　自分の居場所を探しているんでしょう？　いえ、正確には…番いかしら？　あなたの家族の望みでもあるしょう？　あなたが一生の伴侶を得る事が。』

『っ!?』

自分の前に『不思議な姿をした存在』が現れた事。それだけでなく現れた者が自分の中に芽生え始めていた考えや、別れた皆の想いを代弁してきたからだろう。理解しているような口振りもあってポータは益々固まってしまう。そんな彼を『不思議な姿をした存在』は更に見定めるように見つめ続けていた。


そうしてポータを見つめ続けていたが、動揺のあまり彼が未だに上手く思考を巡らせていない事が分かったからか。『不思議な姿をした存在』は呆れた様子で話を続けた。この空間は違う所へ一瞬で行ける場所で『ゲート』と呼ばれている事。その『ゲート』は強い想いや望みを宿す動物達の前に現われ易く、生きている間は一回しか利用出来ない事。そして自分は『ゲート』を管理する『門番』で、様々な動物達の欠片を合わせた存在である為に色々と分かる事も告げた。

『ちなみに何の動物かを教えるつもりはないわ。あなたには関係ないしね。…少しは落ち着いたかしら？』

『はっ、はい…。多分、ですが…。』

『そう…。なら良いわ。』

自らを『門番』と名乗った者が次々と告げてくるからか。ポータの思考は上手く回らない。それでも相手の事と今いる場所については何となく理解出来たらしい。それを示すように『門番』からの問いかけにポータは何とか頷いたのだった。

一方の『門番』は自分の話を何とか理解していったらしいポータの様子を見つめる。そして彼を見つめながら続けた。

『…で、早速だけどどうする？』

『どう、とは…。』

『さっきも話したけど、ここ…『ゲート』は強い想いや願いを持つ動物達がそれを叶える事が出来る場所なの。あなたのようにね。ちなみに前も離れ離れになった家族と会いたがった子や、親との『約束』を思い出した子がいたから『ゲート』を出現させて利用させたわ。おかげで彼らは望んでいた場所に向かう事が出来たってわけ。それだけ凄い場所でもあるのよ、ここは。』

『はぁ…。』

『で、その凄い場所の力をあなたにも使おうと思うんだけど…。希望している場所ってあるかしら？』

『と言われましても…特には…。』

自分に対し『門番』が何を言いたかったのか、やはりポータはまだ分かっていなかったらしい。思わず尋ね返してしまう。更には『門番』が続けてくれた言葉で、ようやく理解はしたものの質問に対し明確に答える事は出来ない。無理もない。彼の中では未だに自分が生まれ育った群れの現状を目の当たりにし、激しく動揺してしまっているのだ。希望なんて何も見えなくなるほどに…。

それでも『門番』は植え付けられた自分の役目を少しでも早く果たしたいのか。ポータの答えをずっと待つ気はないらしい。それを表すように動揺し続けていて、自分の問いかけに答える事が出来ない彼に向かって更に告げた。

『まぁ…別に良いわ。明確に場所を答える事が出来なくても、大体の希望は分かっているし。それを感知出来れば、ほぼ希望通りの場所へ道を繋げる事が出来るからね。というわけで…今から通り穴を作るから少し待っててね。』

『えっ…。うわっ⁉』

やはり理解し切れない事を『門番』は口にしてくるからだろう。思わず不思議そうな声もポータは漏らしてしまう。だが、その様子もすぐに一変。驚きを含んだものに変わってしまう。意味深な事を口にした『門番』が自分の言葉を証明するように光の穴を作ったからだ。更には自分の中に芽生えるものが動揺から驚きに変わった事で、益々動けなくなってしまった彼を見ていられなくなったのか。早くこの状況を変えたかったらしく、彼の体を猫科の動物を思わせる手で掴むと穴に押し込む。それだけでなくポータが押し込んだ穴の先の世界から『ゲート』に戻ってこない為だろう。彼が光の穴の先の世界に辿り着いた事を察知すると、自分で作ったはずの通り穴を閉じてしまうのだった。

その出来事からあっという間に季節は一巡りした。『門番』と自ら名乗った者に違う世界へと連れて来られたポータだったが、相変わらず辿り着いたその場所に留まり続けていた。場所が変わっても未だに生まれ育った群れとの悲しい別れが過ったりするというのにだ。というのも、ポータの生活環境は予想以上に変わっていたのだ。

『門番』により違う世界に飛ばされた後。次々と変わっていく状況に思考は当然追い付かなかったのだろう。辿り着いた先でポータは少しの間、動けずに固まってしまう。それでも動けなかったのは僅かな時間だ。現にポータはすぐに我に返ると飛び始める。『ゲート』に再び戻り『門番』に頼み込んで、自分が生まれ育った群れに戻して貰いたかったのだから…。

だが、既に『門番』は『ゲート』へと通じている穴も完全に閉じてしまったのだ。元の群れに戻る事はおろか、『門番』に頼み込む事も不可能な状況になってしまう。それでも相手がその状況を作り出している事を知らなかったからだろう。ポータは自分がここに辿り着く際に出てきた所…光の穴を探すように周囲を飛び回り続ける。明らかに不審な行動を取っている自分の姿を他の動物達が戸惑いながら見つめていた事に気が付かないほど。そして何より『『ゲート』は一生に一度しか出会わず、当然利用も出来ない。』という『門番』からの言葉を忘れてしまったように…。

そうして『ゲート』を探す為に飛び続けて、どれほどの時が流れたのだろうか。何回も太陽が昇ったり沈んでいた為、確実に数日は時が流れているはずだ。だが、『ゲート』や『門番』を見つける事に日々必死になっているからか。時が流れている事を感じながらも、ポータは決して立ち止まろうとはしないのだった。

それでも朝から晩まで飛び回り続けているからだろう。彼の体には必然的に疲労が溜まっていく。しかも祖父との喧嘩をきっかけに生まれ育った群れから出ていった時よりも、確実に年も取っているからか。感じた疲労は強いもので明らかに飛ぶ高さは低くなっている。そして眠気も感じた事で遂にポータは羽を休める事にしたらしい。一本の木を見つけた彼は周囲の様子をうかがいながら枝に留まった。

すると彼の様子を密かに見ていたらしい。一羽の白い鳩がポータのいる木に飛んでくる。更には彼が留まる枝に同じように留まると捕まり歩きをしながら徐々に接近。彼の近くまで進むと、こんな言葉を口にした。

『…一羽で旅行ですか？』

『…っ!? えっ、ええ…。そんな感じです。』

自分の方に近付いてきた事。何より自分よりも若い女の鳩が話しかけてくるとは思わなかったからだろう。明らかに動揺した様子でポータは答える。だが、相手は気にしない性格だったらしい。戸惑う彼の様子にも気にせずに話し続けた。自分はこの辺の群れの長の末娘である事。その立場により多くの鳩達が自分を知っているという事を…。

更に彼女…『ユキ』と名乗った鳩は育った環境から、強く自由を求めるようになったのだろう。こんな事も呟いた。

『私ね。外の世界へ出ていきたいと思ったの。ずっと群れの中にいるのは悪くないとは思うんだけど…何だかつまんなくなって。…だからね。旅行しているのなら私も連れて行ってくれませんか? お願いします!』

『…。』

『ワガママ言いません。ご飯も…自分で何とかしますから。だから…お願いします!』

思春期ともいえる時期を迎えているからか。ユキはよほど生まれ育った群れから出ていきたいらしい。その想いを込めて言葉を口にし続ける。自分の中に芽生えた強い願望が少しでも伝わるように…。

だが、当のポータはユキの願いを受け入れなかった。かつての自分が彼女と同じような想いを抱いていた事に気付いていたのにだ。それはここに辿り着く発端となった出来事…生まれ育った群れの崩壊や、仲間達との別れが過っていたからだろう。自分のような軽はずみな行動は結果的に後悔してしまう事を、ポータは最近ようやく理解する事が出来たのだ。だからこそユキに味わわせたくないと思った彼は、彼女に群れへの帰還を促し送り届けもする。そして長達に感謝されながら群れの近くの木で休む事を薦めて貰えたからだろう。その言葉に甘えポータは休ませて貰っていた。

そんなポータだったが、少し予想外な出来事が起きる。自分の体が休ませて貰えた事で少し回復したのを実感。留まっていた木から離れようとしたのだが…。

『おはようございます、ポータさん！　今日は良い旅立ち日和ですね！』

『っ!?　ユキ、さん!?　何で…。』

『決まっているじゃないですか！　ポータさんの旅にご一緒したくて来たんです！　群れから出る為に！』

『っ!?』

旅立つ直前に現われたユキにポータは驚く。だが、そんな彼の様子にも当のユキは特に気にはしていない。むしろ自分の願望を告げてはポータに付いていこうとしてくるのだ。その様子は勢いがあったからか。油断していた事もありポータは驚き目を丸くした。

それでもユキを受け入れるわけにはいかないからか、今にも一緒に旅立とうとしている彼女に対し告げた。

『…あのですね、ユキさん。あなた群れから出る事がどういうものか、本当に分かっていますか？』

『分かってますよ！　皆の所から離れて外の世界で生きる。つまり自由になるって事ですよね！』

『ユキさん…。』

『私ね。群れの中で過ごすのが嫌になってたの。息苦しいって感じていたっていうか…。だから何回か出ていこうとしたんだけど、群れの中の他の鳩に気付かれちゃって。最後には連れ戻されて、いつも失敗していた。それで考えたの。誰かと一緒なら大丈夫かもって。だからね、ポータさん。』

『ユキさん！』

自分の想いを次から次に口に出すユキに、ポータは思わず声を上げる。それだけでなく彼女に向かってこう告げた。

『言いましたよね？　あなたを群れに届けた時に、あなたのお父さん達もいる所で私の事を。今のあなたと同じ年頃に群れから離れた事や帰らなかった事。それだけでなく帰らなかった事に対して後悔している事も。皆と永遠の別れになってしまったのだから…。』

『ポータさん…。』

『そんな経験はしない方が良いんですよ。後悔するような生き方は、ね…。』

『…。』

『さぁ、皆さんの所に戻りましょう。送りますから。』

『…はい。』

ポータの訴えが届いたのか。彼の言葉にユキは返事をする。そしてユキのその様子にポータは安心したのだろう。心なしか軽くなった翼をはためかせながら、彼女を元の群れまで送り届けた。


だが、やはり油断してはいけなかったようだ。群れへと戻した後、『ゲート』の存在を諦め切れなかったポータは飛び続ける事で周囲を巡回。元の世界にいた時のように転々としていた。おかげで生活は以前と変わらなくても、今自分がいる場所について徐々に把握。生まれ育った群れがあった場所とは離れた所にあるらしく、街の風景や空気等が違っている事に気が付いたのだ。その事は把握すればするほど、自分が生まれ育った場所が遠ざかっていくような感覚にさせられるからだろう。『もう元の群れに戻れない』という想いも芽生え、ポータの不安は大きくなる一方だ。それでも同時に今いる場所の時の流れが穏やかである事にも気が付いていたからか。『この場所を離れたくない』という想いにも気が付いてしまう。そして二つの想いに揺れ動く影響だろう。『ゲート』を捜索するポータの動きは日を追うごとに悪くなっていくのだった。

そんな日々を過ごしている時だった。他の鳩や動物達がユキに関して、こんな話をしているのが聞こえたのは…。

『えっ…？　あの鳩の群れの長の末娘ユキが出ていったって？』

『ああ。三日前？　にな。しかも今何処にいるかまだ掴めていないらしいんだけど、群れの鳩達は満足に探す事も出来ないらしいぞ。ほら…。最近はあの不良ばかりの群れの為に警戒しなくちゃいけないからさ。』

『あ〜…なるほどな。確かに警戒しなくちゃ危険だわ。』

『…っ。』

ユキが生まれ育った群れから出てしまった事を聞き、思わず息を呑むポータ。しかも彼女が群れから出ていってしまった事を話す皆の口から『ある群れ』についての事が出てきたからだろう。ポータは動悸が激しくなっているのを自覚する。皆が話す『ある群れ』が自分と同じ鳩であるはずなのに、他の群れを荒らすような危険な存在である事を知っていたのだから…。

（彼女は…ユキさんは自分から出ていったんだ。だから荒っぽい鳩達に絡まれても仕方がない。そもそも彼女も知らないはずがないんだし。だから…別に俺が気にする必要はないんだ。けど…。）

経緯は違っても彼女も自分のように、生まれ育った群れの皆と会えなくなる可能性が高い事。何より『ゲート』からこの世界に来て初めて声をかけてくれたのがユキだったからだろう。彼女の危機を察知したのを発端に、特別な想いを抱いていた事をポータは自覚する。そして自覚した事で『これ以上、後悔したくはない。』と思ったのだろう。自然とユキを探し出す事を決めたのだった。

そうして決意を固めたポータは実際に行動も開始。ユキが生まれ育った群れに一度顔を出すと情報収集も行う。そして長達からの話を聞いたポータは噂が事実である事も確認。群れの周囲を中心として本格的な捜索も開始した。

すると少し前に自覚した想いが届いたのか。群れがある町の端に立つ一本の木に留まるユキを遂にポータは発見した。それも噂されていた不良の鳩達に囲まれている姿を…。

（っ！　ユキさん！　すぐに応援を呼ばないと…！）

自分よりも随分若い十羽ほどの鳩に囲まれていたからか。自分だけでは彼女を救い出す事が困難だと感じたのだろう。ポータはユキが生まれ育った群れの鳩達を呼ぼうと考える。それだけでなく実際に戻ろうとした。

だが…。

『おらおら！　いい加減、頷けよ！　俺達の女になる事をよ！』

『そうだそうだ！　早く頷いて…俺達の卵を産めよ！　不良娘らしくな！』

『嫌…嫌です！』

ユキに対し不良の男鳩達が激しく詰め寄っていた事。それを彼女が必死に拒絶しているのを聞いてしまったからだろう。応援を呼びに行こうとしていたポータの動きは完全に止まってしまう。それればかりか動きは真逆の方向…ユキ達の方へ進行。ユキに襲いかかろうとする不良鳩達に体当たりをした。

『っ!?』

『なっ…!?　何だ！　テメェは!?』

ユキに詰め寄る事に夢中になっていたとはいえ、自分達に近付いてくる者の気配に全く気が付かなかったからだろう。まともにポータの体当たりを受けてしまった不良鳩達は木から落ちかけてしまう。しかも若い事もあって落下は何とか免れたが、攻撃を受けてしまった事自体がよほど悔しかったらしい。自分達にぶつかってきた相手へ視線を向けると声を張り上げる。それだけでなく体勢を立て直した彼らは、瞬時に自分達にぶつかってきたポータを敵と見なしたようだ。その証拠に体当たりをした後、ユキを庇う様子を見せるポータに攻撃すべく身構えた。

一方のポータは不良鳩達のそれらの様子から、自分の攻撃が彼らにあまり効いていない事。それればかりか反撃されそうな事を察知したのだろう。ユキを庇いながら逃げられるように身構える。そして今にも自分達に再び襲いかかろうとしている不良鳩達に向かって告げた。

『俺は…彼女の婚約者です。』

『…っ!?』

『はぁっ？　婚約者？』

『はい。だから迎えにきたんです。…当然でしょう？』

自覚してからの時間はまだ少ししか経過していないが、出た言葉は確かに本心なのだろう。その証拠に告げるポータは真っ直ぐ不良鳩達を見つめる事が出来ている。だが、彼とは違って周囲の鳩達は明らかに戸惑っていた。特に言われた側である不良鳩達ではなくユキの方は戸惑いが強い。無理もない。相手は知り合いであるとはいえ、自分は彼が告げるような関係ではないのだから…。

それでも彼の様子から内容が偽りであっても、自分の事を必死に守ろうとしてくれているのが分かったらしい。胸の奥に温かいもの…喜びの感情が芽生え始めているのを自覚する。そして自覚した事で同時にポータに対して『特別な想い』を抱いたようだ。それを示すように不良鳩達に立ち向かっていたポータの傍らでこんな言葉を口にした。

『そう…そうなんです！　私、ずっと…あなたが迎えに来てくれるのを待っていたんです！』

『…ユキ、さん？』

『お父様達にも謝りたいし…。早く行きましょう？　ポータさん。』

『えっ、ええ…。そうですね。』

芽生えたばかりの想いに促されるように言葉を発するユキ。その姿はポータにとって少し予想外なものだったからか。思わず戸惑った様子を見せてしまう。だが、彼女がただ自分の話に合わせてくれていると思ったのだろう。すぐに動揺を隠すとユキの言葉に同調するように頷く。そして不良鳩達の前から飛び去るべく身構えた。

だが、彼らの前から逃げる事はやはり困難であるようだ。相手は明らかに自分よりも若い事、何より自分達を取り囲む形で十羽もいたからだろう。状況の把握が素早かった彼らは飛び去るべく僅かに体を動かしただけで、ポータとユキに先回りするように隊形を変えてくる。そればかりか空中で翼を動かし留まり続ける事で、二羽が飛び去る事も阻止。そして枝の根元に追い込むと退路も絶とうとしてきたのだ。その行動は何となく予想していたとはいえ、想像以上に素早く激しく攻められてもいたからか。二羽は必然的に追い込まれ、遂に枝の根元部分で動けなくなってしまうのだった。

そんな時だった。動けず襲われる事も覚悟していた二羽の危機的状況が動いたのは。それも状況を動かしてくれたのは『ある者達』だった。

『そこまでだ！　我々の仲間で…家族でもある二羽に手を出さないで貰おうか！』

『そうだ、そうだ！　離れた方が身の為だと思うぜ？　不良鳩さん達よ！』

『…っ!?　何だ、お前達は！』

『…っ。皆…！』

急に現れた複数の鳩達にさすがの不良鳩達も動きを止める。一方のユキは現れたのが自分の家族で仲間の群れの鳩達だったからだろう。自ら出ていった事を忘れてしまうほどに強い喜びを抱いたらしく、それを含ませた声を上げる。すると自分達を見て反応を示してくれたユキや彼女を守ろうとしてくれていたポータの姿が映り、何だか安心もしたらしい。群れの長でユキの父でもある鳩は密かに安堵の息も漏らすと、仲間に何やら目配せも行う。そして無言で頷き合うと、不良鳩達に向かって一気に飛びかかった。

『うわっ!?』

『くそ…！　とりあえず一旦逃げるぞ！』

状況から自分達の方が逆に追い込まれていた事に気が付いていたものの、数十羽の鳩が一気に攻めてくるとは思わなかったのか。さすがの不良鳩達もそれには敵わないと思ったらしく、動揺の声を上げながら飛び上がる。それだけでなく言葉通り逃げるべく、この場から飛び去ろうとした。

だが、小規模とはいえ今まで複数の群れに襲いかかっていた不良鳩達だ。当然、周囲からは恨まれていたらしい。その証拠に逃げようとした彼らの進路を塞ぐようにユキの群れ以外の複数の鳩達が、木から一気に飛び出て姿を現す。それだけでなく不良鳩達を取り囲むような隊形になると、更にこんな言葉で責め立てた。

『待ちな！　お前達は我々の群れを理由なく襲ったんだ。しかもいくら嫌がっても、降参しても！　お前達は襲う事を止めてはくれなかった！　…そんな奴らが簡単に逃げられると思っているのか？』

『そうだぞ！　お前らのせいで群れから出ていく事になったり！　大怪我をして自由に動く事も出来なくなった鳩もいるんだ！　そんな酷い事をしたお前らに！　俺らは復讐しないと気が済まないんだ！　だから…覚悟しろ！』

『っ！　うわっ…!?』

不良鳩達に対し態度だけでなく言葉でも他の鳩達は激しく責め立てる。そして実際に不良鳩達が逃げるどころか、悲鳴を上げる前に皆は攻撃。激しい制裁を与えられた事で恐怖が芽生えたのだろう。不良鳩達はようやく自分達の罪を認識したのだった。

激しい制裁で不良鳩達を攻撃し、一定の反省も促させた後。自分の家族や仲間達がいる群れの鳩達が最終的に助けてくれたからだろう。ユキは羽毛が数本抜かれた程度しか負傷せず、体の他の部分はほぼ無傷の状態で群れに連れ戻された。更に連れ戻されたのはユキだけではない。どうやらポータが彼女を助けてくれた事を知っていたらしく、お礼も兼ねて再び群れに招かれたのだ。それはポータにとって嬉しい出来事でもあったが、同時に強い緊張感も芽生え始めている事も自覚する。自覚して間もないとはいえ、群れの長の末娘であるユキに好意を抱いた事を告げなくてはならないと思っていたのだから…。

だが、妙に緊張しながら行おうとしていた長達への挨拶は、少し予想外な結末を迎える事になる。自分が言葉を口にする前にユキがポータに対する想いを吐露したのだ。しかも自覚してからの時間は僅かで発端も『自分を助けた彼が格好良く見えたから。』という単純なものであったが、元々自分の考えを証明すべく一直線に進む性格だからだろう。告げてくる彼女の姿は真剣そのもので、簡単に揺るがない事も長達は分かっていた。そしてユキのそれらの様子から『ある決意』を固めたらしい。ポータに向かって長は告げた。

『ユキを頼まれてくれるかい？　ポータ君。』

『…っ。良い、んですか？　私で…。』

長でありユキの実の父でもあった彼がそんな事を告げてきたからか。ポータは思わず戸惑いを含ませた声を漏らす。だが、彼はポータの心情にも気が付いていたらしい。それを示すように、こんな言葉を口にした。

『ああ…。君ならユキを大切してくれると思ったんだ。…そうだろう?』

『長、さん…。』

『ユキはワガママな娘だと思う。色々と迷惑をかけるかもしれない。だが…だからこそ君に任せたい。外の世界の厳しさを…そして素晴らしさを教えてやってくれないか? もし本当にどうしようもなく迷惑に感じた時は捨てて構わないから…。』

『お父さん…。』

『うちの娘を…頼むよ。ポータ君。』

ポータに向かって彼は穏やかな口調で懇願するように話し続ける。だが、やはりユキの父であるからだろう。話す時にまとっていた空気はポータの中に芽生えた想いを見透かし、同時に鋭く射抜くようなものになっている。それに気が付いてしまった事でポータは自分の体が強張ってしまうほどに、強い緊張感が湧き起こっている事を自覚する。だが、それ以上に抱いていたのは『もう自分の大切な者を失いたくない。』という想い、つまりは『ユキを大切にしたい。』という想いだったのだろう。体を強張らせながらもポータは長の言葉を受け入れる意志を告げる。そして互いに抱く想いを確かめ合うと、ユキを自分の『一生の伴侶』にしたのだった。

それらの出来事を改めて思い返しながら、一羽木の枝に留まり佇むポータ。あの出来事がきっかけになったのか。生まれ育った群れを家族を失った悲しみは残り続けているものの、元の場所に戻ろうとしていた考えは徐々に変わっていた。ユキと出会ったこの世界で生きる事を決めたのだ。それは聞く相手によっては非情な者に感じられるかもしれない。現にポータ自身も元の群れを捨てた事を、今でも時々自分で責めたりしていた。だが、それ以上に日々強くなるのは『伴侶を、新たに出来た家族を大切にしたい。』という想いだ。それは鳩として生まれた事によって大人になって芽生えるようになる『本能』というもので、自分の考え…つまり『想い』とは少し違うものであるだろう。それでもポータは振り返って戻ろうとはしなかった。何故なら…。

（今も迷いがあるのは事実だけど…。でも戻りたくもないんだ。だって今は…『幸せ』でもあるんだから…。）

ユキと番いになって社会勉強も兼ねて、この世界の中で様々な場所を巡ってきた。するとユキはやはり自分よりも若い鳩だからか。巡る先々の情報を素早く仕入れ環境にもすぐに適応していた。そして高い順応力で最近はポータを引っ張ってくれるようにもなったのだ。それは男として頼りないとも思えるが、実際に物事に迷い立ち止まったりするのを彼は自覚しているからか。助かる面の方が圧倒的に多い事も分かっていた。何より自分の為に頑張って動いてくれる彼女の姿が愛らしく、美しいとも感じるようになっていたのだ。その事はポータが過去を振り返り自責の念に駆られる時間を益々減少させる事にも成功。

むしろユキと一生を番う決意を改めて固めさせた。すると傍にいる事で彼の心境の変化に気が付いたのだろう。出会った頃から『どんな形であれ彼と関わっていきたい。』と思ってくれていたユキは、ポータのその変化に強い喜びを抱いたらしい。改めて彼と番いになる事で一生を共にし、そればかりか卵を産んで子孫を残す事を望んでくれた。それにより旅は一旦終了する事になったが、自分に家族が出来た事はとても嬉しいものであったのだった。

その事を改めて実感しながら佇むポータ。だが、ユキとの日々を思い返していた事で巣に戻りたくなったらしい。ポータは足や翼を軽く伸ばすと飛び立つ。その脳裏に大切な番いであるユキや、生まれて間もないヒナ達の姿。そして今は亡き元の群れにいた家族や仲間達の姿を過ぎらせながら…。

『さぁ、帰るか。…家族の所に。』

皆の事を思いながら、そんな事を呟くポータ。その姿は少しでも前へと進む決意の表れだろう。切なげに見えながらも僅かに清々しさも感じられていた。

そうしてポータが番いを作り、伴侶やヒナ達と共に穏やかな時を過ごせるようになっていた頃。その光景を別の場所…異空間に存在する『ゲート』から『ある者』が見ていた。元の群れから離れる事になったポータを誘い、離れた場所に飛ばした上に帰り道を閉ざした『門番』だ。だが、穏やかな日々を送れるようになった彼を見つめる姿は、あの非情さも感じられていた時とは違い優しげなものだ。何故なら…。

（これで…一応は解決ね。彼の親戚達から頼まれていた事が…。）

ポータを見つめながら『門番』は以前の出来事を思い出していた。

それはポータが家族を作り穏やかに過ごせるようになる前。むしろ彼がまだ自分の元の群れの状態を知る事になる少し前の事だ。環境の変化やそれに伴う動物達の豹変により、群れがあった場所の状況は日々悪化。争いが起き力の弱かった動物達は次々と傷付いていく。その中にはポータが生まれ育った群れの鳩達も含まれていて、特に群れの長で彼の祖父はカラスに襲われたからだろう。自己治癒力では治らないほどの重傷を負ってしまう。だが、重傷でも彼の心残りは群れから出ていったポータの事だ。その証拠に傷の影響で意識が混濁としながらも、彼の事ばかりを脳裏に過らせ続けていた。

そんな彼の想いが異空間に繋がったのか。彼は『ゲート』に辿り着いた。しかも彼や同じ群れにいた瀕死の他の鳩達も、同じような想いを抱いていたらしい。それを示すように同じ場所に辿り着いていた。そして辿り着いた先で彼らは謎の存在…『門番』に遭遇。その見た目や漂わせる雰囲気が自分達にとって知らないものであったからだろう。密かに恐怖を抱いていた。

だが、当の『門番』は周囲のその反応に慣れているからか。特に気にしてはいなかった。むしろ改めて彼らに接触した事で、皆がポータをとても気にかけている事。更には『ゲート』から見ていた時にある程度把握はしていたが、彼らの余命が残り僅かである事も改めて察知。それにより告げたのだ。彼らが気にかけ続けていたポータを逃がし、新たな場所で幸せな生活をさせる事を…。

『そんな事が…出来るんですか？』

『ええ。少なくても彼…ポータだったかしら？　その彼を新たな場所へ逃がす事は出来るわ。ここは色々な場所に繋がる空間『ゲート』だから。』

『…。』

『まぁ、逃がしたとはいえ彼が自分だけの伴侶を見つける保証はないわ。飛ばした後の行動は彼の想い一つだけで、確実に子孫を残してくれるかは分からない。それでも良いのなら協力するわ。私も無駄に血が絶えていくのは嫌だから…。』

『門番』が告げた話が未だ色々と信じられないのか。鳩達は何も反応してこない。だが、彼らの中でその立場から一番ポータの事を気にかけていたからか。彼の祖父は話の内容を理解した途端、『門番』に向けて告げた。

『…そちらの話は大体分かりました。もし本当にそれが出来るのならお願いしても良いいでしょうか。』

『長老…！』

『私は…あの子が生き残って、出来れば家族を持ってくれる事が望みなんだ。最後に生まれた孫だったからな。皆も私とは違っても…彼の事は大切だろう？　なら…お願いしよう？　私達の最後の希望の存在であるポータを生かす為に…。』

『…っ。そう、ですね…。』

『分かり、ました…。』

ポータの祖父の言葉に最初他の鳩達は明らかに激しく動揺した様子だった。それでも彼の様子から心の底からの望みである事。何より今現在、群れが完全崩壊しかけている状況である為になりふり構っていられないからだろう。戸惑いを残しつつも皆は同調を示すように頷いていく。そして彼らの様子に『門番』も決意。ポータを送る先を選んだり、彼の祖父達を次々と虹の橋へと渡らせたりしたのだった。

それらの出来事を思い返しながら、『門番』はポータの様子を窓のような所から覗き見る。幸運な事に妙な向上心を持ちながらも、胸の奥底では誰かを求める適齢期の若い女の鳩がいた。それだけでなく彼女が抱く妙な向上心に過去の自分と重ねたポータは放って置けなくなったらしい。その彼女…ユキを自分の伴侶に選び番いとなった。そして二羽が辿り着いた場所は群れから離れていても、まだ穏やかな場所であったからだろう。番いとなった二羽の間にはヒナが誕生し少しずつ成長。一応、血を残す事にも成功した。その一連の流れは『門番』にとって僅かな時間であったが、命が繋がれた事を表す貴重なものだったからだろう。満足そうに見つめている。それだけでなく命を後世に残す事ができた事が誇らしく思ったのか。目や口元を僅かに緩めながら呟いた。

『さぁ…安心して少しでも多くの子孫を残しなさい。失われたあなたが生まれ育った群れの代わりに、新たな群れが形成されるぐらいにね。私がちゃんと見守ってあげるから。』

子育てに奮闘しながらも動物の本能を証明するように、充実とした時を過ごすポータを見つめる『門番』。その瞳は命の営みを焼き付けるべく、真っ直ぐとしたものであった。

様々な理由で動物達が行き交う場所…『ゲート』。だが、そこは命がある者や尽きる者達、更には魂だけになった者達が通るだけの場所ではない。次の命へ紡ぐ為に通ったり、見守られたりする場所でもあるのだった——。

使命～レオン～

『俺には使命があるんだ。あの人を消した奴を捕らえるという使命が。それが俺とあの人が交わした最期の約束でもあるのだから――。』

人が人を頻繁に傷付け合うような時代になった。それも傷付けられる側にも理由があり、傷付けた側に同情の余地がある場合だけではない。大半が明確な理由もなく相手を傷付け、命を奪う事態も発生させる。その行動は明らかに異常なもので、時の経過と共に確実に増加。人だけでなく最初の標的にされ易い動物達まで警戒心を持たなくてはならなくなった。

そんな嫌な時代であったが、希望のような存在もあった。傷付く人々を少しでも増やさない為に活動する人々がいたのだ。しかも彼らの中には犬と共に行動し、傷付ける人間に立ち向かう者達もいた。その存在や行動力は『正義の味方』と表現するに相応しく、実際人間だけでなく相棒の犬達も誇らしく思っているのか。危険と隣り合わせの日々を送る事になっても、犬達が行動を共にする人間に歯向かう事はなかった。『正義の味方』である人間と行動を共にする事で、自分達の中にも『一人でも多くの人を守りたい。』という使命のようなものが芽生えていたのだから…。

その『正義の味方』の相棒の犬…警察犬になる為には、専門の施設で生活し学ぶ事が重要だ。だが、そこに入る為には難しい試験を突破しなくてはならない。更には施設に入れても安心してはいられない。厳しい訓練を続け身も心も非常時に備えなくてはならないのだ。何より一度出動要請が入れば現場へ直行。『正義の味方』と共に厳しい任務に当たらなくてはならないのだ。その厳しさは訓練が簡単に思えてしまうほど緊迫し、時には体を酷使しなくてはならないからだろう。警察犬として活躍出来るのは数年という短い期間ばかりだった。

そんな警察犬達が非常時に備え訓練等を行っている場所に新たな子がやって来た。まだ一歳になったばかりの若い犬…ドリーと、彼女の相棒で『正義の味方』である若い女性だ。警察犬も人間もどちらも女で、それも両方若かったからだろう。警察犬達は一瞬、場所を忘れて騒ぎそうになる。だが、それぞれの相棒である『正義の味方』が制止してきたからか。常日頃の訓練の成果を表すように大人しくなった。

　一方のドリーはそれぞれの相棒の『正義の味方』によって、先輩の警察犬達の態度が一気に変わったのを目の当たりにしたからか。忠実な姿に驚いた事で思わず固まってしまう。だが、それ以上に感じたのは先輩犬と相棒の『正義の味方』達との間に流れる強い絆で、思わず見惚れてもいた。そして『正義の味方』達と共に素早く訓練を再開させた先輩達の姿に突き動かされたらしい。彼らに付いていくようにドリーも訓練を始めたのだった。


　そうして先輩犬達に刺激されながら施設内で過ごすようになったドリー。すると施設内で何回も朝を迎え先輩犬達と共に過ごしてきたからか。少しだけ施設や皆の事を理解していく。そして理解していった事でドリーは一匹の犬…先輩犬・レオンの事が気になってしまう。自分とは見た目や雰囲気が違う事。何より明らかに他の先輩犬達よりも年老いていたのだから…。

（何だか…不思議な犬…。どんな犬なんだろう…。）

　他の先輩犬達と違って、訓練の合間でもほとんど話さない事。更に訓練も淡々と行い続けているからだろう。妙に静かなレオンの様子が異様なものに感じてしまう。そして気になる事を少しでも早く解決したいと思ったからか。彼女はレオンの事を知るべく、彼と関わろうと積極的に動き始めた。

だが…。

『おはようございます、レオンさん！　今日も一日頑張ってお勉強しましょうね！』

『…。』

『レオンさん。嗅覚訓練？　のコツを教えて貰えませんか？　私、なかなか上手く出来なくって…。お願いします！』

『…。』

『今日も一日お疲れ様でした。また明日、頑張りましょうね。レオンさん！』

『…。』

顔を合わせる度に日常的な挨拶から質問まで行い、積極的にレオンに話しかけ続けるドリー。だが、そんな彼女の声はレオンの中にあまり響かないのか。彼は終始無言のままだ。それでも元々、色んな事に積極的に関わろうとする性格の持ち主だからだろう。ドリーは諦めずレオンに声をかけ続けた。

するとレオンに対して一向に諦めない様子のドリーを見兼ねてか。先輩犬達は遂に動き始める。まだ『正義の味方』達がいない時に、こう声をかける事で…。

『止めておいた方が良いぜ？　ドリーちゃん。アイツ…レオンに関わろうとするのは。』

『そうだぞ！　いくら成績が良くても、それは老犬な分経験が多いだけ。それ以外はただの無愛想なだけの奴だ。関わっただけで無駄だぜ。』

『…っ。けど…。』

　いくら話しかけても周囲と関わろうとしてこないからか。ただ単に自分達よりも圧倒的に訓練等の成績が良い事に腹を立てているのか。レオンの事を気にかけるドリーを制止しようとする言葉には、明らかに彼に対して非難した内容が含まれている。それは色々と経験が浅いドリーですら感じられるものだったからだろう。彼女は上手く言葉を発する事が出来ない。だが、一度決めた事は曲げないほどに頑固な部分も持っているからか。先輩犬達に向かって告げた。

『えっと…。気にかけてくれてありがとうございます。でも…私はレオンさんと関わる事を止めたくないのです。彼が今、何を考えているのか。そして…今の状態になるまでに何があったのか知りたいから…。』

『ドリーちゃん…。』

『だから…ごめんなさい。皆さんの言う事は聞けません。』

　レオンと関わりたい理由や、周囲からの忠告を聞けない事に対して謝罪の言葉を口にするドリー。その姿はやはり頑固としか感じられないもので、相手によっては腹も立ててしまいそうだ。それでも言葉を口にする彼女の様子は、心からの謝罪や強い決意を秘めているのが感じられたからだろう。皆が不満を表す事は出来なかった。

それから更に何度目かの朝と夜を迎えて。数日前の出来事が影響してか。ドリーはレオンに話しかける事を止めず無視され続けていたが、誰も彼女を止めようとはしない。終始無言でやり取りを見つめるだけだ。だが、彼女の事はずっと気にかけてくれているのだろう。無言で様子を伺っていたが、終始何か言いたげに見つめていた。

そんな日々が流れていた中だった。ドリー達がいる施設に一匹の警察犬が来たのは…。

『…っ！　サンディ先輩じゃないですか！』

『本当だ！　お久し振りです！　サンディ先輩！』

この施設に来てまだ日が浅いからだろう。その警察犬の事をドリーは知らなかった。それでも周囲の反応から彼女…サンディが元々この施設にいた犬である事。しかも皆よりも先輩犬である事を察する。更には皆の反応に戸惑ったドリーに気が付いたらしい。こんな事を別の先輩犬は話してくれた。

『そっか。君は彼女と会うのは初めてだったね。あの犬はサンディっていう名前で、俺達の先輩犬でもあるんだ。確かレオンと同じぐらいの時に来たって聞いた事があるよ。』

『…そうなんですか？』

『ああ。といっても、俺もサンディ先輩の後に入ったから、本当なのかも分からない。でも彼女自身が言ってたし、彼女の相棒や俺の相棒も話をしていたから間違いないと思うよ。ちなみに成績が良かったから引退した今も、ここの施設の人の家にいて時々会いに来てくれるんだ。俺達がちゃんと訓練をしているかを見守る為にね。』

『そう、なんですね…。』

サンディの事を相当慕っているらしく、先輩犬は得意気に彼女の優秀ぶりを話してくる。だが、サンディの成績の良さや今の生活状況よりも、ドリーが気になっていたのは別の事だ。『レオンの事を彼女が知っている』という事が…。

一方のサンディは経験豊富であるからか。自分に話しかけようとしているドリーの様子にも当然気が付く。そして気付いた事で彼女に接近。声をかけた。

『あなたがドリーね？　私に何か用があるのかしら？』

『…っ！　えっ、ええっと…！　その…！』

『ああ、良いわよ。そんなに固くならないで。ゆっくり話せば…。』

『はっ、はい…。』

確かにドリーはサンディからレオンの事を聞きたいとは思っていた。だが、そのサンディ自身から声をかけられるとは思っていなかったからだろう。逆に声をかけられた事に一気に緊張感が高まったらしく、言葉を上手く発する事は出来なくなってしまう。それでも相手が優しく声をかけ続けてくれたおかげか。ドリーの緊張感は徐々に和らいでいく。そして気持ちが少し落ち着いた事で彼女は遂にこの言葉を口にする事が出来た。

『レッ、レオンさんの事を聞きたかったんです！』

『？　レオンの事？』

『はいっ！　他の皆さんから『サンディさんはレオンさんの事を知っている。』って聞いて！　だから話して欲しかったんです！　どうしてレオンさんは私達と距離を置こうとしているのか。何を思ってここにいるのか知りたいから！』

『…。』

『お願いします、サンディさん！　レオンさんの事…教えて下さい！』

何か言いたげにしていたのは自分の事を聞きたかったのではなく、レオンの事を知りたいのだと判明した。その事にサンディは少し複雑な気分になるが、他の犬達と反応が違って面白かった事。何より問いかけてくるドリーの姿が真っ直ぐで必死なものであったからだろう。何かに突き動かされるようにサンディは答えた。

『…そんなに気になるのなら分かったわ。彼…レオンの事を教えてあげる。ただ…私も把握し切れているかは微妙よ？　レオン自身も無口だった。だからあなたが知りたかった事に対して完璧な内容じゃないかも。…それでも良いのかしら？』

『はい！　お願いします！』

『そう…。分かったわ。じゃあ、レオンの事を話してあげる。』

質問に対して完璧に答えられないかもしれない事をサンディは改めて告げた。だが、それを聞いてもドリーが考えを変える事はなく、むしろ相手の言葉に対し了承の態度を見せる。その姿は妙に勢いがあったからか。サンディは驚き呆れてもしまう。それでもやはり必死なドリーの様子に促されたのだろう。自分をここに連れてきた相棒が他の人間と話をしている間に語り始めたのだった。

その日の夕方。差し込む光によって屋外訓練所だけではなく、建物内も夕日特有の朱色に染まっていく。それは夜を迎える準備の時間を示し、同時に今日も終わりが近付いていている事も表している。その影響なのだろう。警察犬達のそれぞれの相棒である『正義の味方』達は忙しなく動いていた。毎日の事とはいえ今日も広がっている美しい光景を見ようとはしないまま…。

そんな一日が終わろうとしている事を示すように、サンディも相棒の人間と共に帰宅の準備を行っていた。すると彼女をやはり大半の先輩犬達が慕っているからか。皆は見送ろうと相棒の『正義の味方』達と共に並んでいる。その中には彼女が現役であった頃からの知り合いらしいレオンや相棒も一緒だ。だが、元々彼は口数が少ないからか。特に声をかけようとはしない。そして彼の相棒の『正義の味方』は、サンディや彼女の相棒の人間とはあまり親しくないらしい。他の者達と同じように並んでいるが、ほとんど声を発する事はなく軽い挨拶だけだ。それらの姿は皆と違っていて、異様とも感じられる光景だ。それでも他の者達はサンディや彼女の相棒を見送る事に集中しているのだろう。誰も触れる事はなかった。

一方のドリーも相棒と共に先輩犬達と一緒になってサンディを見送っていた。だが、彼女は相棒と違って浮かない様子だ。というのも、サンディから聞いた事…レオンに関する話でショックを受けていたのだ。自分が想像していたよりも重くて苦しい過去があった事を知ってしまったのだから…。

（まさかレオンさんに…『あんな過去』があったなんて…。）

興味本位もあり自分から聞いたとはいえ、内容が想像以上に辛い話であったからだろう。ドリーの思考は重くなるばかりだ。サンディが相棒と共に施設から出ていった事に気付かないほどに…。

サンディから聞いたレオンの過去は想像以上に重く悲しいものであった。というのも、サンディがまだ現役で活動していた時に、レオンは『ある事件』に巻き込まれたのだ。それも巻き込まれた事件は当時世間を騒がせていた『婦女連続傷害事件』で、レオンは当時の相棒の女性と共に周辺を捜査。犯人を追跡する段階まで来ていたそうだ。

だが、取り押さえる直前で形成は逆転。犯人は刃物を振り回しレオンの相棒を刺して逃走してしまったのだ。そして犯人は未だに捕まらず、更にはレオンの相棒も大きな傷を負っていたらしく後に亡くなってしまったのだそうだ。その時の様子は当時別の現場に行っていた為にサンディも直接見ていたわけではない。それでも施設に戻ってきた時に自分の相棒達が話をしていた事。そして事件を経てレオンの相棒が変わり、彼の様子も前以上に暗くなったのを見て察したらしい。レオンが前の相棒を失ってしまった事を…。

（そんなの…私でも嫌だし…。耐えられないよ…。だって私と彼女は…一心同体なんだから。）

ドリーが警察犬になり相棒の『正義の味方』が出来てからの日はまだ浅い。それでも幼い頃から兄弟犬達と共に、警察犬になる事を夢見て語り合っていたほどに強い正義感を持っていたのだ。日は短くまだ現場に立ち会った事がなくても、胸の中に抱く正義感は強まる一方だ。その強まった正義感は相棒が出来た事で僅かに変化。『相棒を失いたくない。』というものになっていく。それは訓練に励む日々が増えていく事で増していった。だからこそ何となくでも分かるのだ。相棒を失った辛さや絶望。そして心を更に閉ざしてしまう事が…。

（一体、どうすれば良いんだろう…。どうすれば…レオンさんの気持ちを少しでも晴らす事が出来るんだろう…。）

最初は自分達と距離を置くレオンの事がただ気になっていただけだった。だが、他の犬から聞いた話とはいえ、彼の悲痛な過去を知ったからだろう。ドリーの想いは彼を救いたいというものに変わる。それでも想いが変化しても何をすれば良いのか分からないからか。ドリーの悩みは大きくなる。その大きさは食欲が僅かに落ち、夜もあまり寝られなくなってしまうほどだった。

数日後。施設内には朝日が差し込み、相棒の『正義の味方』達も出勤。ドリー達も居住空間から解放され、相棒達も訓練等の準備を進めていく。今日もいつもの日常が始まろうとしていた。

だが、そんな皆の様子の一方でドリーは浮かない。未だにレオンの過去に衝撃を受け立ち直れていなかったからだ。そして同時に今までと同じように接して良いのかも分からなくなってしまったのだろう。ドリーは段々大人しくなってしまった。

すると彼女のそれらの変化に気が付いたのか。朝一の散歩後の僅かな休憩時間に一匹の犬…サンディの事を教えてくれた先輩犬が近付く。そして浮かない様子を一向に崩さない

郵 便 は が き

料金受取人払郵便

新宿局承認

7552

差出有効期間
2024年1月
31日まで
（切手不要）

160-8791

141

東京都新宿区新宿1－10－1

(株)文芸社

愛読者カード係 行

ふりがな お名前		明治 大正 昭和 平成 年生 歳
ふりがな ご住所	□□□-□□□□	性別 男・女
お電話 番 号	（書籍ご注文の際に必要です）	ご職業
E-mail		

ご購読雑誌(複数可)	ご購読新聞 新聞

最近読んでおもしろかった本や今後、とりあげてほしいテーマをお教えください。

ご自分の研究成果や経験、お考え等を出版してみたいというお気持ちはありますか。

ある　　ない　　内容・テーマ（　　　　　　　　　　）

現在完成した作品をお持ちですか。

ある　　ない　　ジャンル・原稿量（　　　　　　　　　　）

書　名			
お買上 書　店	都道　　　市区 府県　　　郡	書店名	書店
		ご購入日	年　　月　　日

本書をどこでお知りになりましたか?

1.書店店頭　2.知人にすすめられて　3.インターネット(サイト名　　　　)

4.DMハガキ　5.広告、記事を見て(新聞、雑誌名　　　　)

上の質問に関連して、ご購入の決め手となったのは?

1.タイトル　2.著者　3.内容　4.カバーデザイン　5.帯

その他ご自由にお書きください。

(　　　　)

本書についてのご意見、ご感想をお聞かせください。

①内容について

②カバー、タイトル、帯について

弊社Webサイトからもご意見、ご感想をお寄せいただけます。

ご協力ありがとうございました。

※お寄せいただいたご意見、ご感想は新聞広告等で匿名にて使わせていただくことがあります。

※お客様の個人情報は、小社からの連絡のみに使用します。社外に提供することは一切ありません。

ドリーに声をかけた。

『何かあったのかい？　ドリー。』

『えっ…？』

『いや、最近何か考え込んでいるみたいじゃないか。それもご飯を食べる量も少し減ってしまっている。君の相棒だけじゃなくって俺達や俺達の相棒達もその事に気付いて心配してたよ。…気付いてた？』

『…っ。いっ、いえ…。すみません…。』

レオンの事で考え込んでいたとはいえ、自分を心配してくれていた皆に気が付かなかった事。それを指摘されたからだろう。ドリーは思わず息を呑み謝罪の言葉を口にする。そんな彼女は警察犬として相応しくないものでもあったからか。先輩犬は呆れてしまったらしくタメ息を漏らす。だが、彼女に呆れる事よりもドリーが最近気にしている事を解決させたいと思ったのだろう。大体の原因を把握しているつもりでも、改めて確認する為に言葉を続けた。

『別に謝らなくて良いよ。これから周囲の事を見られるようになれば。…それで？　やっぱりアイツ…レオンの事で悩んでいるのかい？』

『はい…。』

『そうか…。良ければ聞かせてくれるかい？　話した方が君も楽になると思うから。』

『えっ…。だけど…。』

サンディから聞いたレオンの過去が重苦しい内容だったからか。ドリーは話す事をためらってしまう。それでも先輩犬の言う通り、誰かに話せば少しでも気分が軽くなると思った事。何より自分だけでは解決出来ないと思ってしまったのだろう。先輩犬に打ち明ける事にした。他の犬から聞いた話とはいえ、勝手に過去を明かされてしまうレオンに対し心の中で詫びながら…。

一方の先輩犬は可愛い後輩犬・ドリーの相談に乗れた事に喜びを感じていたのだろう。最初は嬉しそうな様子で尾を振りながら話を聞いていた。だが、話を聞いていく内に機嫌良く振られていた尾の動きが停止。むしろ下がってしまうほどに気分も沈んでしまう事になる。能力の高さから非難するような事を口にしていたというのに、その対象であったレオンの過去について全く知らなかったからだ。そして知ってしまった事でドリーと同様に思考は沈んでしまう。先輩犬の方もレオンの過去に対し、どう対応して良いのか分からなかったのだから…。

だが、やはりドリーよりも少しだけ長く生き、その分訓練や出動を含めた経験が豊富だからか。ドリーよりも気分が沈んでいた時間は短い。それだけでなく僅かな時間考え込んでいたかと思うと、彼はこんな事を口にした。

『君が何に考え込んでいたかは分かったよ。知らなかったとはいえ俺はアイツに酷い態度になっていた。そこは申し訳ないなと思うし、またちゃんと謝るよ。けど…それはそれだと思うんだ。過去は変えられないし、大事なのはこれからの事だ。解決策みたいなのを考えないと。』

『…っ。そう、ですけど…。でも…いくら考えても良い考えが思い浮かばなくて…！

私、どうすれば…！』

　先輩犬からの話にドリーは心の中では納得していた。いくら自分が考え込んでいても過去を変える事は出来ないと分かってはいたのだ。それでも『レオンに何かしたい。』という想いがどうしても消えなかったからだろう。自分の中に巡る想いを否定しているような雰囲気を漂わせる先輩犬に思わずドリーは叫ぶように言い放つ。だが、当の先輩犬は彼女の心情を分かってもいるのだろう。更に言葉を続けた。

『確かに君や俺だけで考えようとしても解決策みたいなのは思い付かない。けど…それは俺達だけだからだと思うんだ。…意味は分かる？』

『えっ、えっと…。』

『誰かに…いや、皆に協力して貰うって事！　少しでも多くの情報や考えを手に入れられれば、その中のどれかが解決策になるかもしれないだろ？　それに…皆に話せば君の気分も少しは軽くなると思うよ？　何より皆も知りたがっていたしね。』

『…っ。それは…。でも…。』

　先輩犬の言葉に納得しそうになり、それをすぐに口に出しそうにもなるドリー。だが、レオンの過去が重苦しい内容で、何より他の者の事を周囲に漏らす事は良くないと分かってはいたのだろう。思わず戸惑いの様子を見せてしまう。それでも先輩犬は考えを改める気はないらしい。現にドリーが答える前に彼は他の皆の方へ駆け出していく。そしてドリーはそんな彼の後ろ姿を見送る事しか出来ないのだった。

その日の夜。警察犬達の相棒である『正義の味方』達は既にそれぞれの場所へ帰っていったからか。ドリー達の居住場所や訓練所も併設している建物の周囲は静まり返っている。時々、風が通り草木が揺れる音が聞こえるくらいだ。それはいつもと変わらない夜の風景だった。

だが、周囲は常と特に変わらない様子であっても建物内では『ある事』が起きていた。それは…。

『えっと…。今までごめんな、レオン！』

『ごめんなさい。』

『…はっ？』

それぞれの部屋の前方にある柵から鼻先を出しながら皆は声を上げる。しかも謝罪の言葉をだ。だが、その相手であるはずのレオンは皆から謝罪される覚えがないからか。戸惑いを含ませた声を漏らす。それでも皆が止まる様子はない。その証拠に皆は言葉を続けた。

『お前の過去を聞いたんだ。お前が相棒を失っていたって事を…。』

『…っ。』

『俺達知らなかったんだ！　お前にそんな事があっただなんて！』

『そうだ！　だから俺達は…酷い事を言った！　能力の高さを妬んで！　お前が…ただ年老いただけの警察犬だって思ったから…。相棒の仇を取る為に頑張っていたって知らなかったから…！』

『…めろ…。』

『だから謝らせてくれ！　そして俺達に協力させてくれ！　お前の相棒の仇を取る事を！』

『止めろ！』

自分達の態度を必死に詫びる警察犬達。だが、皆の話のせいで辛い過去が頭の中を過ってしまったのだろう。レオンは声を上げる。更には僅かに荒々しい声で続けた。

『誰から…いや、恐らくサンディから話を聞いたんだろうけどな。あの時の事は！　嫌な思い出なんだ！　だから…！　あの時の話をするな！　思い出させるな！』

『レオン…。』

『良いな!?』

声を荒げ皆の言葉を止めさせようとするレオン。すると常日頃見た事がない彼の姿に他の警察犬達もさすがに驚き動揺もしてしまったらしい。現に皆は声を発する事が出来なくなってしまう。それでも渦中のレオンの気持ちは未だ落ち着いていないらしい。現に皆を見つめる彼の眼光は責め立てるように鋭いままだった。

そうして声を荒げたレオンにより建物内は一気に静まり返る。それも彼の怒りを察してか。周囲の空気は張り詰め気まずくなる一方だ。そして嫌な空気に当てられたからか。皆は俯いたり視線を逸らしたりしていた。

そんな状況が僅かに続いていたが、それは壊れる事になる。ドリーが徐に口を開いた事で…。

『ごめんなさい…。サンディさんから話を聞いたのは私なんです！　私が…レオンさんの事が気になってしまったから…。』

『…っ!?　何が…。』

『だって！　ずっと話しかけても皆さんと違ってレオンさんは何も答えてはくれないから！　だから少し気になってしまったんです！　レオンさんの事が！　そうしたらサンディさんが教えてくれたんです！　レオンさんの過去を…。だから…。』

『…っ。』

『ごめんなさい…。勝手に聞いてしまって…。皆に話してもしまって…。ごめん、なさい…。』

『ごめんなさい…。』

『お前達…。』

辛い過去を表に出された事。それにより芽生えた怒りでレオンは声を荒げた。だが、過去を思い出させるきっかけを作った相手が少し予想外の者であった事。何より相手が自分の事をずっと気にしてくれていた者…ドリーであると分かったからだろう。荒々しくなっていたはずの感情は徐々に穏やかなものになっていく。そして他の皆も改めて謝罪してきたからか。レオンの怒りは更に静まる。その証拠に申し訳なさそうな態度を見せる皆に対し、こんな言葉を告げた。

『…別に良い。もう謝らなくて。俺の方も…怒鳴って悪かった。』

『レオン…。』

『けど…あの時の話は本当にあまりしないで欲しい。アイツ…相棒を失った出来事は俺にとって辛いものなんだ。何となくでもお前達にも分かるだろう？　一応、それぞれ相棒がいるんだから…。』

『そう、だな…。』

レオンの感情が落ち着いた事に皆は一安心していた。それでもレオンが続けた言葉のせいか。皆は相棒がいなくなった時の事を考えてしまったらしく気分が沈んでいく。そして思わず俯くと無言にもなってしまった。

だが、いつまでも気分を沈ませるわけにはいかないとも思っていたのだろう。一匹の警察犬…ドリーから最初話を聞いていた先輩犬から、こんな言葉が出された。

『…あのさ、レオン。俺達、色々と考えたんだ。ドリーからお前の過去を聞いた時に『自分達に何が出来るか？』って事をな。…で、過去は変えられないけど、これから先の気持ちは変えられるかもしれないって思ってさ。俺達なりに考えて決めたんだ。』

『何を…。』

『犯人を捕まえる事さ！　そうすれば君も君の相棒も少しでも満足出来るだろう？　それに…俺達は『正義の味方』の相棒の警察犬なんだ！　悪い奴は捕まえないとな！』

『そうだ、そうだ！』

『…っ。お前達…。あり、がとう…。』

一匹の言葉を筆頭に次々と言葉を発する警察犬達。その内容は既に月日が経過している為に実現する事が非常に困難と思えるものだ。それでも警察犬らしい姿を見せてくれた事。何より皆が自分の事を思っての話だと分かったからだろう。レオンの口から自然とお礼の言葉が漏れる。そしてレオンのその姿を見たからか。ドリーも含めて皆は彼の相棒を殺した人間を見つけ捕まえる決意を固めるのだった。


するとと決意を固めた表れだろう。レオンに宣言した翌日から皆の様子は変わった。以前よりも熱心に訓練を行うようになったのだ。それは僅かなものであったが、日中共に過ごしていた相棒…『正義の味方』達は当然気が付いたらしい。その証拠に休憩時間になると、こんな会話で盛り上がっていた。

「あの…。私の気のせいかもしれないんですけど…。何か今日、ドリーがいつも以上に張り切って訓練していて…。大丈夫でしょうか？」

「あれ？　あなたの相棒も？　私の方もなのよね。何でかしら？」

「さぁ…？　俺も分からないな。ただ…この前、ここを引退したサンディが来ただろう？　それが刺激になったんじゃないか？　ちなみに俺の相棒も張り切っていたな。」

「ええ？　サンディが来てから日が経過しているから少し違うと思うんですが…。でも確かに僕の相棒も張り切っていますね。まぁ、体調は悪くなさそうだから特に気にはしていませんが。」

「そう、ですか…。なら私も気にしない方が良いかもしれませんね。」

「そうですよ！　私も相棒のレオンの様子がいつもと違う感じがしたんですけど気にしないようにしました。彼は私よりも先輩ですから。何かあったらどんな形でも教えてくれると思っていますから。」

それぞれの相棒である警察犬の様子が変わった事を報告し合う『正義の味方』達。その様子はコンビを組んで日が浅いドリーの相棒を筆頭に戸惑いの色が濃い。それでも各自で相棒の警察犬達の事を信じているのだろう。戸惑いながらも様子を見るという形で考えをまとめたのだった。

一方のドリー達は新たな目標が出来たからだろう。益々訓練に熱が入るようになる。更には訓練の合間にある施設周辺の散歩時に他の動物達とも接触。レオンの相棒を殺した犯人に辿り着くべく日々奮闘する。それぞれの胸の中に『仲間の相棒の仇を取りたい』という熱い正義を宿らせていた。

だが、そんなドリー達の熱い正義は揺らぐ事になる。容疑者に関する新たな情報を一向に手にする事が出来なかったからだ。確かに事件は今いる警察犬達が施設に入る前に起きた事。要は自分達が考えている以上に時間が経過している事が原因だろう。また情報収集の相手が人間達の世界にあまり干渉しないような動物達だからか。仕方ないといえば仕方がないのかもしれない。それでも…。

(自分達に出来る事はこの方法しかない…。だから…やれる事を精一杯やろう!)

そう思いながら強い正義感に突き動かされるように、ドリー達は毎日訓練や情報収集を続けていた。だが、やはり上手くはいかず、徐々に不満のようなものが溜まっていく。そして溜まっていったものにより、気合いを入れていた訓練を僅かに力を抜くようになってしまった。

更にドリー達にとって動揺する事態が起きる。自分達に強い正義を抱かせるきっかけを作ったレオンが倒れてしまったのだ。それも理由は年齢により体の中が壊れ始めているというもので治らない事が判明。むしろ屋外に出る事も困難になってしまう。そしてレオンが施設に来られなくなった事を発端に皆の心境は更に変化。ドリー以外の警察犬達は自分達でレオンの相棒を殺した犯人を捜そうとする気持ちが徐々に薄まってしまうのだった。

そうしてレオンが倒れ皆の心境が徐々に変わっていった頃。『ある出来事』が起きる。以前起きた殺傷事件と類似した事件が再び起きたのだ。それもドリー達がいる施設が建つ場所の管轄内で発生したからだろう。凶悪性も考えてドリーを含めた三匹の警察犬とそれぞれの相棒が出動する事になった。それはドリーにとって初めての現場で緊迫した状況が予想されているからか。緊張しているのを彼女は自覚する。だが、それ以上に抱いたのは妙な高揚感だった。レオンを苦しめたであろう存在を自分達で捕まえられると思ったから…。

（…待っててね、レオンさん。絶対に…あなたの相棒さんを死なせた人を捕まえてみせるから！）

改めて胸の中でそう呟きながら決意を固めるドリー。そして彼女の様子に触発されたのか。他の二匹の警察犬達もドリーと同様に犯人を捕らえる決意を固める。その姿は久し振りに熱い正義の心も芽生えさせたらしく、かなりの力強さを感じさせるものだった。

一方のレオンは動物病院内にある入院用ケージの中にいた。未だに症状が落ち着いていなかったからだ。そこはドリー達がいる施設と直接契約も行っていて、歴代の警察犬達が現役から引退後もお世話になっている場所だった。設備が整っていて、引退した警察犬達が穏やかな余生を過ごすような…。

だが、その引退犬達と同じような時間を過ごしているというのに、レオンの様子は苦しげなものになっている。無理もない。日ごとに体は動かなくなっていくというのに、それとは反対に強い想いが芽生えていたのだ。自分の元相棒を刺した者を自らの手で捕らえたいという想いが…。

（くそ…。せっかく今の相棒が教えてくれたっていうのに…。）

レオンの今の相棒である女性はその立場もあって、彼の体を心配してくれているらしい。それを示すように週に約二回の頻度で見舞いに来てくれた。そして自分がいない間の他の警察犬達の様子や近況を教えてくれるのだ。それは昨日に来てくれた時も同様だったのだが、そこで彼女は口にしていたのだ。自分の元相棒を刺した相手が再び動き出したようである事。その人物を捕らえる予定である事を…。

（こんな…こんな体じゃなければ…俺も行きたかったのに…。あの人を死なせた奴を…捕らえたかったのに！）

今の相棒が話してくれた事で一気にそんな想いが芽生えて止まらなくなってしまったレオン。だが、それと同時に自分の今の体の状態では皆と共に動く事が出来ない事も自覚はしていくのだろう。不満のようなものがレオンの中で膨れ上がっていく。それでも何も出来ない彼はケージの中で終始横たわり続けるのだった。

どれほどの時間をそうして過ごしていただろうか。ふと何かに引き上げられるような感覚に気が付いたレオンは我に返る。すると周囲に何の物音もしなかった上に、誰の気配も感じなかったからか。何か異様なものを感じたらしく急激に芽生えた警戒心によりレオンの意識は一気に覚醒する。だが、意識を取り戻しても周囲は相変わらず妙に静まり返り闇にも包まれていたからだろう。今までに感じた事のない恐怖まで芽生えてしまった事でレオンの体は完全に強張ってしまった。

そんな時だった。静まり返っていた中で僅かに人の声がしたのをレオンは聞き取る。それも聞こえてきたのは聞き慣れていたもので、懐かしい者の声でもあったからだろう。無意識の内に彼の尾は揺れてしまう。今は亡き元相棒の声だったのだから…。
(何で…彼女の声が？　もういないはず…。いや、そんな事今は良い。彼女が呼んでいるんだ。だから俺は行かないと…。)
聞こえてくるはずのない元相棒の声にレオンは当然戸惑いもあった。だが、それ以上に感じたのは喜びだったからだろう。レオンの尾は益々振られる。そして喜びを自覚するのと同時に、『元相棒の声に従いたい。』という警察犬としての本能が呼び起こされたらしい。体調の悪化により立つのも辛くなった体を、足に力を入れる事で何とか立ち上がる。それだけでなく足に力を入れ続け動かしながら、自分を呼ぶ声に向かって歩き始める。既に世界が変わり始めている事に気が付かないまま…。

そうして元相棒の女性の声に誘われるがまま進んでいくレオン。すると僅かに周囲の空気が変わった事に気が付いたのか。レオンはようやく足を止めた。

だが、もう少し早く立ち止まった方が良かったのかもしれない。周囲の様子は闇色に染まっていた様子とは一変し、光に包まれた妙に明るい光景に変わっていたのだ。それも漂う空気の流れから、自分が直前までいた場所とは違う所だと気が付いたのだから…。

(…っ!? 何だ、ここは!? 俺の知っている所とは違う…!)

元相棒の声が聞こえたとはいえ警戒心を徐々に解きながら進んでしまったレオン。だが、そうして辿り着いた先が自分が元々いた世界と違う場所だと気付いてしまったからだろう。激しく動揺し一気に焦り始めもする。更には既に元相棒の声も聞こえなくなった事で元の場所に戻ろうともしたが、自分の背後には周囲と同じ風景が広がっているだけだからか。レオンの動揺は更に強まってしまうのだった。

そんなレオンにとって更に動揺する事態が起きる。元の場所に戻れなくなった事を悟った為に動けなくなった彼の前方に何者かの気配を感じたのだ。それも気配や年老いても僅かに残っていた嗅覚から相手が人間ではない事。むしろ複数の動物が混じったようなものである事を感知したからだろう。その気配や匂いを感知したのが初めてだった事もあり、彼は恐怖のようなものが芽生えているのを自覚する。そして自覚した事で益々動けなくなってしまった。

一方の『様々な動物の匂いが混じった存在』はここが自分の領域だからか。当然のようにレオンが入ってきた事に気が付く。だが、気が付いても状況に元凶である存在は当然気にはしていないらしい。現に相手は動揺し動けなくなってしまったレオンに向かって、何のためらいもなく近付いてくる。そしてレオンの前で立ち止まると徐に口を開いた。

『『ゲート』にようこそ。あなたがレオンね？』

『っ!?』

レオンを見つめながら告げる『様々な動物の匂いが混じった存在』。それは匂いだけでなく容姿も複数の動物が合わさった見た目をしていた。

するとは匂いだけでなく見た目も初めて見るものだったからか。はたまた相手の口調から未知の存在が自分の事を知っていると察したのか。問いかけに答えられないほどにレオンの動揺は強まる一方だ。だが、そんな状態でも相手が自分を見つめ続けている事。その様子から自分が答える事を促されていると分かったのだろう。未だ動揺し続けていたが答えた。

『あっ、ああ…。確かに俺はレオンだが…。何で俺の名を？　というか、お前は一体…。』

『ああ、やっぱりあなたがレオンだったのね。人間からの頼み事だったから適当にやったけど、ちゃんと繋がっていたみたいで良かったわ。ちなみに私があなたの事を知っているのは当然なのよ。私はあなた達のような動物達をこの場所…『ゲート』から見守る存在。『門番』っていうものだから。』

『言ってる意味がよく分からないんだが…。説明して貰えないか？』

『あまり時間はかけたくないんだけど。でも…まぁ、仕方ないかな。ちゃんと話さないとあなた納得しそうにないし。色々と説明してあげるわ。』

『…頼む。』

自ら『門番』と告げてきた存在はよく見ると、感知した匂いを表すように様々な動物の特徴を合わせたような姿をしていた。それは明らかに異様なものに見えたからだろう。問いかけに答えつつもレオンの動揺は治まらない。しかも『門番』と告げた者の話がやはり理解出来ない部分が多かったからだろう。自分の方が問われている側だというのに逆に尋ね返してしまう。それでも『門番』は言葉通りレオンの事を分かっているらしい。その証拠に彼からの質問に答えるように話し始めたのだった。

　そうして自らを『門番』と口にした者からの話に耳を傾けるレオン。だが、実際に『ゲート』についての話を聞いてみても自分のいる世界とは違う場所の事だからか。耳に入っても上手く理解する事は出来ない。それでも『門番』からの話で、自分が今いる場所…『ゲート』について少しは理解出来たのだろう。現にこんな事を口にした。

『…話は何となく分かった。この場所がどういう所なのかもな。ただ…本当に俺が望む場所に行けるのか？　それに何で彼女…俺の元相棒である人間に協力したんだ？　話を聞くとアンタは人間嫌いなんだろう？　それなのに何で…。』

　理解し始めた事でレオンは新たな疑問が芽生えたらしい。『門番』に再び問いかける。それは度々質問を重ねてしまうほどに理解力が低く、失礼とも感じられるような態度だ。だが、『門番』は自分の話を聞いた後の相手の反応が予想出来ていて、むしろ慣れてしまっているのだろう。特に苛立ちを示す様子はない。その証拠にレオンの問いかけに対し、『門番』はこう答えた。

『そうね…。本来ならあなたの元相棒のような存在…『人間』からの頼み事に答えようとは思わないわ。どんな理由があっても『人間』は命を簡単に奪う存在。私達動物にとっては天敵だもの。だから本来なら協力しようとは思わない。だけど…。』

『?』

『だけど今回はあなたの元相棒である『人間』だけじゃない。あなた自身も強く望んでいるでしょう? 犯人を捕まえる事を…。その体が完全に壊れようとしていてもね。だから力を貸したの。私は動物達の味方だから。』

『…。』

『ちなみにこの場所…『ゲート』から目的の場所にちゃんと繋がるかはレオン、あなたの想いの強さにかかっている。あなたが強く望めば、その場所への入り口が出来るわ。ここはそういう場所だから。』

『そうか…。』

度重なる質問にも『門番』は答え、レオンは耳を傾け続ける。すると話を聞き続けたからか。レオンはようやく『門番』や『ゲート』の事を理解し、現状も把握する事が出来た。そしてレオンの僅かな様子の変化から彼が自分の話を何とか理解した事を悟ったのだろう。『門番』は改めて告げた。

『…というわけで、強く念じなさい。あなたが望む事を。そうすれば入り口は生まれるから。』

『あっ、ああ…。分かった。』

心の奥底では現状に戸惑っている感情が残っていた。だが、確かに自分には強い望みがある事を自覚しているからだろう。『門番』に促されるような形でも、レオンは望みを胸の中で紡ぐ。自分の元相棒を刺した者に辿り着く事や、その犯人を捕らえる事を…。

レオンが『ゲート』に到着。『門番』とも出会い話を聞いていた頃。ドリーは彼女の相棒で『正義の味方』でもある女性と共に街の中を巡回していた。相棒の周囲からの情報で『街に連続殺傷事件の犯人の目撃情報がある』と伝えられたからだ。それによりドリー達は警備の強化も兼ねて街の中を歩き回る事になったのだ。だが、ドリー達が入った街はとても凶悪犯が潜んでいるとは思えない。現にすれ違う人々は皆、忙しそうでありながら嬉しそうな様子のままだった。

そんな普段と変わらない街中の空気に当てられた事で、無意識の内に油断が生まれてしまったのだろう。容疑者が情報通り同じ街の中にいる事にドリー達は気が付かない。その証拠に皆が気が付いたのは、僅かに漂ってきた血の匂いと悲鳴が聞こえてからだ。そして周囲のそれらの変化で事態が急変した事を察知した皆は行動を開始。被害者の保護を自分達の関係者に連絡すると血の匂いを辿るように追跡を始めた。

そうして完全に出遅れてしまったドリー達。だが、最初の行動が遅くなってしまっても、やはり『正義の味方』とその相棒達であるからだろう。多くの匂いや気配が漂う街中でも凶器から漂う真新しい血の香りを感知する。そして感知出来た事で犯人へ急接近。確実に追い込んでいた。

だが、相手は『正義の味方』に手をかけるほどに凶悪な連続殺傷事件の犯人だ。捕らえる事は容易ではない。現に『正義の味方』とドリー達は素早く追跡を再開させ追い詰めようとするが、捕まえる事は出来ない。それでも遂に凶悪犯と対峙する事が出来たのだが…。

（…っ!?　こっちに…向かってくる…!?）

以前にもレオンを連れていた相棒に襲いかかり、結果的にその命を奪い取る事に成功したからか。凶悪犯は引こうとはしない。むしろドリーと相棒に向かってくる始末だ。そしてその場に自分達しかいなかった事。何より向かってくる凶悪犯の勢いが予想以上に凄まじく感じてしまったのだろう。ドリーと相棒は逃げる事も立ち向かう事も出来なかった。

その時だった。過去の惨劇を再び行おうと向かってきた凶悪犯に横から黒い影が突っ込んでくる。それも突っ込んできた黒い影はドリー達にではなく凶悪犯に覆い被さったのだ。まるで凶悪犯を取り押さえるように…。

「…っ!?　一体、何が…?」

（…っ！　この匂いって…！）

突然過ぎる展開だったからか。『正義の味方』で普通の人間よりも状況把握が素早いはずの相棒は戸惑い、その口からは間の抜けた言葉が漏れてしまう。だが、経験が浅くてもドリーは警察犬であるからだろう。すぐに気配と優れた嗅覚により、割り込んできた者の正体に気が付く。そして気が付いた事で割り込んだ者に加勢するように凶悪犯に向かって飛びかかったのだった。

それから少し時間は経過して。ようやく我に返ったらしくドリーの相棒である女性は、彼女に対して止まるように指示。割り込んできた者と共に自分達が抑え込んでいた凶悪犯が動かなくなったからだろう。少しずつ冷静さを取り戻した彼女は動きを止める。そして相棒の指示に従うように彼女の傍らに戻っていった。

すると騒動を聞き付けたからか。他の警察犬と彼らの相棒である『正義の味方』達が駆け付ける。そしてドリーを傍らに付けながら彼女の相棒の女性が未だ動揺した様子で前方を見つめていた事。その見つめる先で『何か』が圧し掛かり男を襲っており、襲われている男が凶悪犯である事が分かったからだろう。一瞬思考が止まってしまったものの、皆は状況を少しずつ把握していく。現に駆け付けた者達は状況を把握した事を示すように凶悪犯と彼を襲う『何か』に向かった。

「…おい。大丈夫か？」

「…えっ？　あっ、はい…。すみません…。」

ようやく普段の思考に戻り始めたとはいえ、経験の少なさから未だ動揺を残していたようだ。それを示すように本人は自覚がなかったが、仲間から声をかけられた事で更に我に返る。そして声をかけた仲間がドリーの相棒を我に返らせた事に成功したからか。密かに安心するのだった。

丁度その時だった。凶悪犯達に近付いた別の仲間達から、こんな声が上がったのは…。

「…っ!?　レオン!?」

「嘘…。何で…彼がこんな所に…。」

「っ!?」

凶悪犯とはいえ『何か』に襲われ続けていた為に、仲間達は彼らへ駆け寄る。だが、その目に映ったのは凶悪犯に襲いかかるレオンの姿だった。それは彼が動物病院に入院し続けている事を把握している皆にとって『有り得ない光景』であるからだろう。ドリーの相棒よりも出動経験が豊富であり、色々な事に慣れているはずの仲間達ですら思わず声を上げる。そして仲間達のそんな言葉が聞こえてきたからか。ドリーの相棒も驚きにより息を呑んだ。

それでも集まっているのは『正義の味方』達であるからだろう。日頃から様々な状況に対応出来るように訓練を行っていた効果か。皆は無言で頷き合い、自然と役割分担も行う。そしてレオンにはその体に優しく触れる事で落ち着かせ、凶悪犯は取り押さえる事で事態を収束させていく。すると『有り得ない光景』により動揺が広がっていたはずの場は皆の行動のおかげか。妙な緊迫は消え、元の夜の街と変わらない空気に戻っていった。

こうして凶悪犯は『正義の味方』達に呼び出された刑事達により連行。ドリーの相棒である女性も凶悪犯に襲われかかったものの、負ったのは転んだ際の擦り傷程度だった。それによりすぐに動く事が出来た彼女は改めてドリーを撫でて落ち着かせながら、他の皆と共に行動を開始。『正義の味方』として事態の収拾に努め始めた。

だが、『正義の味方』達が本来の仕事を再度行う傍らで、こんな出来事が起きていた。それは…。

「?　どうしたの、ドリー…っ!?」

「何か…!?」

急に吠え始めたドリーに彼女の相棒は戸惑う。無駄吠えを行わないように訓練してきたはずだったからだ。更にはドリーだけでなく、他の警察犬達も彼女に続くように吠え始めたからだろう。彼女の相棒だけでなく他の『正義の味方』達も動揺する。そして自分達の相棒が一斉に吠え始めた原因も分かったらしい。その証拠に原因を見た『正義の味方』達は息を呑んでしまうのだった。

一方のドリー達は動揺する相棒達の傍らで、『ある光景』を見ながら吠え続ける。自分達の前で今にも命が尽きようとしているレオンの姿があったのだから…。

『…っ!?　レオンさん！』

『しっかりするんだ！』

『レオン！』

ドリーの様子の変化もあってレオンの急変に気付いた皆。それにより彼女と一緒になって吠え続ける。彼女より付き合いが長い分、レオンとの思い出は多くあったのだから…。だが、そんな皆にレオンが答える様子はない。むしろ意識が遠ざかっている事で耳も聞こえなくなっているのだろう。警察犬仲間達だけでなく、それぞれの相棒達が呼びかけても反応を示さない。それだけでなく彼の脳裏には、こんな映像のようなものが流れていた。

レオンがドリー達の所に辿り着く前の事。レオンは動物病院の入院室の中で意識を失っていた。それも彼自身は当然気が付いていなかったが、ほぼ亡くなった状態になっていたらしい。死の前後に特に開き易い『ゲート』に辿り着き『門番』とも遭遇した。そして『門番』の言葉に促されるようにレオンは願ったのだ。自分の相棒を殺した相手に復讐する事を…。

その望みは『門番』の力もあって『凶悪犯の所へ通じる道が作られる』という形で叶えられる事になる。現に『門番』に促される形で祈ったレオンの前に入り口は作られ、そこを進んだ先で凶悪犯に対峙するドリー達に出会えた。だが、その道中ではレオンにとって動揺する出来事も起きていた。凶悪犯により命を奪われた自分の元相棒と出会ったのだから…。

（…っ！　本当に…ここは『そういう所』でもあるんだな…。）

『レオン…。』

ここに入る前に『門番』から自分の望みを叶えてくれる理由の一つに、元相棒の存在がある事は教えて貰っていた。それでも半信半疑であったからか。その話をレオンは適当に聞き流してしまってもいた。だからこそ自分の前に彼女の姿をした者が現れた事。それも本物の彼女である事を示すように自分の名前を呼んできたからだろう。更に戸惑いを強めてしまった彼は元相棒を見つめる事しか出来なかった。

一方の元相棒は戸惑った様子の彼の名を呼びながら見つめる。すると密かに彼の事をとても気にかけていたのか。こんな事を告げた。

『…本当に行くの？　あの男を捕らえる為に…。』

『…。』

『あなたの想いは分かっているわ。ずっと違う世界から見てきたから…。私の事をそこまで想ってくれていた事も嬉しいわ。けど、あなたはもう…十分頑張ったじゃない。これ以上、無理をしないで。可愛い後輩達の為にも…。お願い、だから…。』

『…っ。』

これからの自分の行動を止めるようにレオンに告げてくる元相棒。その様子は表情に出てしまうほど心の底から心配しているようだ。沈んだ表情を見せ、心なしか今にも泣きそうだ。そしてレオンも元相棒のその表情は初めて見るものだったからだろう。更に動揺しかけるのだった。


それでも元相棒や仲間達と同様に…むしろ皆以上に強い正義感を持つからか。立ち止まりそうになる思考をレオンは頭も振って取り払う。そして自分の行動を止めようとする素振りを見せる元相棒に向かって告げた。

『…アンタの気持ちは分かるよ。アンタは傍にいて一緒に動いた時から俺の事を心配してくれた。優しい人間だからな。けど…それ以上にアンタは『正義の味方』だろ？　俺と一緒に悪い奴らを捕まえてくれた人間だろ？　なら…止めないでくれないか。アンタと同じ

『正義の味方』としてアイツを捕まえたいんだ。皆を守る為にも。』

『…。』

『ありがとう。心配してくれて…。ずっと大好きだった。これが終わった後も一緒に居たいぐらいにはな。』

『レオン…。』

真っ直ぐに元相棒を見つめながら立ち止まらない理由を口にするレオン。それだけでなく自分の行動を必死に止めようとしてきた彼女に感謝の言葉や、今まで抱いてきた想いも告げる。すると告げた言葉達により元相棒の考えは変わっていったのか。複雑そうな表情を浮かべながらも、先ほどのような制止しようとする行動は行わなくなる。そしてレオンも元相棒がこれ以上自分の事を止めようとはしないのを悟ったのだろう。安心しながら仲間達を救うべく凶悪犯の所へと向かった。


そうした出来事を経て、レオンの望みは光の穴を進み続け、凶悪犯の所へと辿り着く事で叶えられた。それだけでなく自分の仲間達に向けて新たな犯行を行おうとしている凶悪犯と遭遇したからか。既に立つ事も辛い状態にまでなっていたが、犯人に飛びかかる事が出来た。そして残された力を全て発動するように凶悪犯に自らの牙を突き立てる事も出来たのだった。

それらの記憶がレオンの脳裏に流れていく。だが、その情景も段々と薄らいでしまう。そして代わるように彼の意識の中に一人の人物が現れた。それは…。

『レオン…。』

『っ！　ああ…。やっぱり…迎えに来てくれたんだな。』

姿だけでなく自分の名を呼ぶ声が聞こえ、レオンの尾は喜びを表すように自然と揺らされる。それればかりか彼の体は引き寄せられるように声の主…元相棒の方へと駆け出していった。現実の世界で彼の仲間達が必死に呼びかけるその声に見向きもしないまま…。

その出来事から時は過ぎて。警察犬やその相棒である『正義の味方』達は関連施設の敷地内にいた。ドリーと彼女の相棒もだ。そして訓練等を行いながら過ごすのだ。以前と変わりない様子で…。

だが、一見すると内部の様子に変化がないと感じても、活動する警察犬達は僅かに変わり始めていた。その中にはドリーも当然含まれていて、むしろ彼女の方が皆よりも集中していた。亡くなった彼…レオンの事を強く慕っていたのだから…。

（レオンさんがいなくなった今、私達が…残された犬達が頑張らないと…。彼の持っていた『正義の想い』を示す為に！）

そう誓うドリーの脳裏には未だに『あの光景』…レオンの最期の姿が過っていく。それは時が経過した現在でも辛いものだ。だが、脳裏に流れる一連の事は辛いと感じさせる内容であっても自身の命を削りながら仕事をこなしたレオンの姿は正義そのものであった。そして彼のその姿に強く感化されたのだろう。ドリーは彼の背中を追いかけるように今日も警察犬としての訓練を行い続ける。『正義の味方』である相棒と共に歩く為にも…。

そうしてドリーが日々決意を新たにしながら過ごしていた頃。時空の違う別の世界では『ある者』がドリーの様子を見つめていた。この場所…『ゲート』に存在し、動物達の望む道を作る事が出来る『門番』だ。その『門番』はレオンが生前気にかけていた者達…現実世界にいるドリー達の様子を観察しているらしい。渦中の彼が虹の橋を渡り、既に『ゲート』に辿り着く事も困難な状況になった今現在でも彼女達を見つめ続ける。彼女達を気にかける事になった発端の出来事を思い返しながら…。

ここ…『ゲート』は基本的に人間が訪れる事が出来ない。『門番』が『ある事情』から人間を毛嫌いしていて、交流を絶っているからだ。だが、人間の事が大好きな動物達も多いからか。既に魂だけとなっていても彼らを通じて人間も時々通ったりした。そして『門番』はその度に内心苛立ちながらも、人間達が訪れた理由に動物達の望みが含まれていると分かっていたからだろう。少しでも早く解決する為に『ゲート』の力を使ったりしていたのだった。

そんな人間達の中にレオンの元相棒である女性はいた。彼女も既に魂だけの存在となり、いつでも黄泉の世界に行く事が出来る状態であった。だが、当の彼女は一向に黄泉の世界へと向かおうとはしなかった。自分の事を想うがあまり、レオンが復讐に走ろうとしている事に気が付いていたからだ。それも彼は自分の命が着々と削られ苦しみが強くなっていっても、自らの野望を一向に捨てようとはしない。むしろ仲間達まで巻き込んでしまった事も判明したのだ。だからこそ元相棒の女性はレオンを止めるべく、噂で聞いた『ゲート』を捜索。魂だけとなり何処でも自由に行ける状態である事を利用し、彼女は目的地に辿り着いた。

だが…。

『別に良いんじゃない？　無理に止めようとしなくても。』

『…っ!?　けど…！』

レオンを止める事に協力を求めた女性だったが、『門番』は当然のように拒否を示してくる。それは『大嫌いな人間に協力したくない。』というのがあった。だが、それとは少し違った事も理由だった。自分自身が動物のような存在であるが為の理由が…。

『…あのさ。彼があんな風になってしまったのは、あなたが原因なのよ？　あなたを救う事が出来なくって彼は暴走してしまった。彼自身が悪いわけじゃないわ。』

『…っ。それは、そうだけど…。』

『というわけで、私は止めない。彼の行動を見守る事にするわ。あなたもそうしたら？　それが相棒としての役目じゃない？』

『…。』

『まぁ…あなたの気持ちも分からなくはないから協力はしてあげるわ。彼…レオンの体の苦しみを少し薄めて、願望を叶える為の道も作ってあげるわ。あなたとも会わせてあげる。それで満足しなさい。…良いわね？』

『はい…。』

　レオンの元相棒である女性に向かって淡々と告げる『門番』。だが、元相棒の様子から彼女が簡単に『ゲート』から立ち去ってくれない事も分かっていたのだろう。望みを拒否するだけでなく打開策のようなものも口にする。そして『門番』からの話で何とか納得もしたらしい。その証拠に元相棒は僅かに浮かない表情のままでも了承を示すように頷いたのだった。

　そうして元相棒が一応納得した事もあり『門番』は更に行動。レオンに僅かに生命力を送った後に直接彼にも接触する。更にはレオンが望んだように凶悪犯と接触させたり、約束通り元相棒の前に彼を導いたりもしたのだった。

それらの出来事を思い返しながらドリー達の様子を『門番』は見つめ続ける。既にレオンは元相棒と共に虹の橋を渡り黄泉の国に辿り着いている。つまり見守る必要はなくなったのだ。それでも『門番』がドリー達を見守る事を止めようとはしなかった。『門番』自身が動物達を見守る存在である事が大きな理由だからだ。だが、それ以外にも理由のようなものを芽生えさせていた。レオンやドリー達が宿す『正義』というものに興味を抱いた事で…。

『『正義』ね…。それは人間達と一緒にいても本当に抱き続けられるものなのかしら？　…確かめさせて貰うわよ。』

自分が毛嫌いしている存在…『人間』の傍にいる事を選び続けているのは『門番』にとって理解し難い事だ。だが、だからこそ『門番』の興味は強まる一方だ。もうしばらくの間、ドリー達を見守り続ける決意を固めるほどに――。

家族～ノノ～

『私の周りには大切な『家族』を持っている子達が多い。だからこそ『仕事』が頑張れるんだって。じゃあ、私は何で頑張るの？　『家族』がいるかも分からないのに――。』

近年、多くの動物達がテレビや書籍等に登場するようになった。それも中には一定以上のファンが付く、いわば『人気者』もいた。その『人気者』は少しでも登場すると話題になるからだろう。業界の人間達は『人気者』の時間を少しでも得るべく奮闘する。そして『人気者』をタレントとして所属させている施設では、少しでも長く活躍させる為だろう。仕事の予定を立てて体調管理もしっかり行っていた。

だが、いくら予定を管理していても彼らは『人気者』だ。次々と仕事は舞い込み、『人気者』達が所属する施設だけでは管理が難しくなっていく。その結果、基本的な体調管理は何とか行えても、彼女達の自由な時間は確実に減ってしまうのだった。

そんな『人気者』の中に彼女…ノノはいた。彼女は白と茶が合わさった色をした体毛に覆われた猫の女の子で、一見すると何処にでもいるような姿をしている。だが、短めな手足と黒い瞳等が可愛く見えるからだろう。多くの人々に人気があった。その人気の具合は毎月発行される一般的なファッション誌と契約し、毎号写真が載ってしまうほどだ。更にはテレビ番組でも『人気者』について放送が決定されると、必ず業界の人間達が訪問し撮影していくのだ。そして撮影されたものは当然のように放送。それによりノノの知名度と人気は人々の間で更に広がっていき、益々多くの仕事が舞い込んできてしまうのだった。

そうして忙しい日々を送り続けるノノ。その毎日は必要最低限の時間しか休めず、体調を維持するだけで精一杯だ。だが、『人気者』がいる施設は彼女達の活躍で運営が成り立ち、更にはあまり表に出てこない動物達の健康維持の為の必要経費が生み出されるのだ。簡単に断る事は出来ない。結局、人間達は舞い込んできた仕事を全て受け入れ、ノノを働かせ続けた。

だが、そんな事情をノノが理解出来るわけがない。そればかりか色々な場所に連れて行かれ、その先で多くの人に見られたり触れられたりするのだ。元々人間にあまり懐かない事が多い猫である彼女にとって、不快を感じてしまうのは仕方ないだろう。それでも『美味しい物』や『楽しい物』を貰えるからか。ノノが特に拒絶する事はない。むしろ人間達に従うように彼女は様々な事を行っていた。

そんな『人気者』として過ごしていたノノ。だが、忙しくも充実していたはずの日々に彼女は不満のようなものを抱くようになってしまう。ある日を境に…。

事の発端は何度も行っている写真撮影の時だった。その日は専属であるノノだけでなく、新入りの猫達も撮影に参加。その分人間の数も増えた事で、いつもより賑やかな雰囲気で撮影が行われていた。だが、新入りの猫達は初めての雑誌撮影だった上に、多くの人がいる環境にまだ慣れていなかったのだろう。パニックを起こしてしまい、スタジオ内を逃げ回る事態が起きてしまった。

その時だった。新入りの猫達の中には家族と共に来た子達も何匹かいたらしい。パニックを起こし逃げ回っていた時に家族と思われる人間に、素早く捕らわれ抱き上げられていたのだ。それだけでなく家族である人間に優しく撫でられもしていたからだろう。新入りの猫達は徐々に落ち着きを取り戻していく。そして完全に落ち着いたのを見計らった頃に撮影を再開。無事に終了させる事が出来た。その一連の流れは撮影の仕事に携わる人間達にとって当たり前の事で、実際に彼らは騒動がなかったように黙々と動いていた。それは人間達だけでなく撮影に慣れているノノも同様で、実際に表面上の彼女はいつものように撮影をさせていた。だが、その胸の中は密かに騒いでいたのだ。あやされている若い猫に自分の姿が重なってしまったのだから…。

（でも…何で？　私には関係ないはずなのに…。）

気が付いた時から、ずっと今いる施設にいて仕事を行っていた。だから若い子達のような状況…『自分達だけの家族がいる。』というものとは無縁のはずだった。それでも胸の中に芽生えたのは妙に温かいもので、何故か懐かしさを感じたのだろう。表面上はいつものように仕事を行いながらも、ノノは密かに強く動揺してしまうのだった。

そして胸の中に芽生えた妙に温かいものが原因なのか。この日を境にノノは夢を見るようになる。それも体の感覚から何となく自分が幼い頃のものだと分かったのだが、戸惑いは強くなるばかりだ。その夢の中で自分の前に見知らぬ男性が現れたのだから…。

（…っ!?　誰よ、この人！　知らない人だわ！）

猫というのは本来警戒心の強い動物であるからか。自分の前に現われた人間を見て一気に警戒したらしい。体中の毛を逆立てて敵意を示そうとした。だが、今いる場所は夢の世界だったからだろう。自分の思う通りに体は動かない。むしろ夢の中では自ら男性の方に駆け寄って行った為、ノノの戸惑いは強くなるばかりだった。

だが、ノノの戸惑いの日々は続く事になる。あの日を境に男性が出てくる夢を続けて見るようになってしまったのだ。むしろ日が経過するにつれて霧がかかったように見え難くなっていた周囲が見え始めたのだ。更には視界が良くなるだけでなく匂いまで感じられるようになったからだろう。夢を見る日が続けば続くほどノノの動揺は強まる。それでも夢を変える事は当然出来ず、日ごとにノノの中で動揺は強まっていった。

そんな夜が続いてしまったからだろう。必然的にノノは寝不足になってしまう。それも多くの人間が出入りし、本来ならば警戒心が強まるはずの撮影中でも一瞬寝てしまうほどだ。その姿はノノが所属する施設の関係者達だけでなく、撮影するカメラマンやスタッフ達でも初めて見るものだからだろう。愛らしい寝顔に癒されつつも心配になる。だが、撮影を継続させなければ自分達の仕事が一向に終わらないのだ。そして少しずつでも仕事を終わらせなければ施設の運営状況にも影響してしまう。そんな『大人の事情』というものが絡んでしまうからか。ノノの所属する施設は彼女の変化に気付きながらも、猫用おもちゃやオヤツ等を適当に使用。従来通りの量の仕事を行わせ続けるのだった。

そうして周囲に流されるように仕事をし続けるノノ。だが、相変わらず『謎の男性』が現れる不思議な夢を見続けている影響か。以前よりも色んな物が貰え満たされた日々を送れているはずだというのに、気分は一向に浮上してこない。むしろ夢のせいで寝不足が続いているからだろう。ノノの気分は益々沈んでしまっていた。

それでも何度も匂いを感知出来るほどに同じ『謎の男性』が出続けていたからか。ノノは少しずつ『謎の男性』について考えられるようになっていく。そして夢の中で何度も嗅いできた匂いの影響だろう。記憶が呼び起こされるようになったらしく、時々『謎の男性』との思い出のようなものが過るようになる。幼い頃の自分を温かく抱き締めてくれる優しい彼の姿が…。

だが、温かいそれらの思い出を脳裏に過らせては、すぐに重苦しい思考にもなってしまう。彼を今まで忘れていた事。何より何故自分は今、彼と一緒にいないのかが分からなかったのだから…。

（彼は…彼は何処に行っちゃったの？　何で私を置いて行ったの…？）

動物は悲しかったり辛かった経験をしても楽しかった思い出に上塗りされ易い。特に猫という存在はその傾向が強いのだそうだ。だからこそ色々な物が貰えたりしている恵まれた今によって、彼を忘れてしまっていたのは仕方のない事でもあるのだ。だが、猫であるノノがそれを理解する事は出来ない。そのせいで彼女の中では『ある日突然、彼がいなくなってしまった。』という出来事だけが残り、後味の悪い状態で日々を過ごす事になった。

そんな状態で毎日を過ごしていたからか。ノノは以前よりも仕事に集中出来なくなってしまう。その具合は常ならば出来ていた『椅子の上で座り留まり続ける。』というのも行えず、むしろすぐに飛び降りて逃げようとしてしまうほどだ。そしてノノのそれらの様子の変化には周囲も気が付き、更には仕事に支障が表れそうになったからだろう。ようやく仕事の量を加減し始めたのだった。

それから更に時は過ぎて。ノノは以前と同じ施設に所属しながら仕事を続けている。だが、相変わらず男性が夢に出てくる事。その男性がノノにとって『元々の家族』である事を思い出せても、現在はどうなっているか未だ分からないからだろう。ノノの悩みは一向に晴れない。それは自分の変化により周囲の人間達が仕事を減らした事で、必然的に時間が余ってしまったからか。否応なしに思考を巡らせてしまうのだった。

一方の人間達も何やら考え込むようになっていた。ノノの様子の変化から『彼女の仕事を減らす』という対策を施したのだが、一向に状態が回復しなかったからだ。そればかりかノノの状態は着実に悪化。生きられるほどの食事や睡眠は何とか取れているようだが、以前とは違いほとんど遊んだりしなくなってしまったのだ。更には人々の前に出るイベントに出演する事が出来なくなっただけでなく、雑誌等に掲載する為の撮影についても集中力が益々低下。出版社との契約の継続も危ういものになってしまう。そしてノノのそれらの変化によって施設の経営状況は悪化。もちろん所属していた動物達が他にも多くいて彼らへ仕事を回した事。そのおかげで『施設の完全閉鎖』という最悪な事態は免れた。だが、明らかに経営状況は悪くなってしまった。それでも自分達が行える事は一通り行ったつもりだったからだろう。施設の人間達は最終的に時の流れに身を任せるように見守り続ける事にしたのだった。

そうして人間達が悩みながらも一定の対応を決定した頃。ノノは施設内に置かれたケージの中にいた。今日も仕事がなかったからだ。それも人間達は会議の後も何かと忙しいらしい。他にも複数の動物達がノノのケージが置かれているのと同じ部屋にいるようだが、人間特有の声や気配等は全く感じない。そして他の動物達も体を休めているのだろう。時々体を動かしているような物音が聞こえても鳴き声は一つもない。それにより室内は静寂に包まれていた。

そんな状況であったからか。ノノは夢の中に出てきた男…『元々の家族』について考え込み続けていた。だが、考えれば考えるほどノノの思考は重苦しいものになってしまう。夢の中に出てきた相手はずっと優しく触れてくれたのに、目が覚めた時には彼がいないのだから…。

（何で…？　何でいないの…？）

夢から醒める度に辛い現実を突き付けられるからか。ノノの気分は沈む一方だ。だが、いくら気持ちが沈んでいても慰めてくれる者は誰もいない。結局、彼女は静寂が広がる中を一匹で耐え続けるのだった。

それでも夢を見て気分が沈んでしまうようになる前には、多くの仕事をこなせるほどに強い気持ちも持っていたからだろう。少しずつ本来の気分に戻り始めていく。自分の事を施設の人間達が気にかけてくれた事が分かっていたからだ。それだけでなく先日、久し振りに雑誌撮影を行ったのだが、そこで自分が『元々の家族』について考えるきっかけを作った新入りの猫達と合流。集合写真を撮影する事になったのだが、そこで新入りの猫達が言ってきたのだ。ノノを尊敬している事を…。

『…？　そうなの？』

『はいっ！　だってノノさんってずっと一人で撮影していたんでしょう？　凄いなって思ってたんです！』

『そうそう！　僕達はまだママと一緒に来て、仕事中にも近くにいてくれないと駄目なんだ。でもノノさんは僕達と同じ時からもうパパやママと違う人間と来ていたんでしょう？やっぱり凄いですよ！　僕達も早く一人前にならないと！』

『そう…。ありがとう。』

口々に話しかけてくる新入りの猫達。それもノノが思っている以上に皆は尊敬してくれていたらしい。内容だけでなく話すその姿は瞳を輝かせるほどだ。そんな皆にノノはお礼を口にするが、その胸の中は複雑な感情が巡っていた。夢をきっかけに周囲を心配させてしまっているような自分が、尊敬されるのはおかしいと思ったのだから…。


だが、新入りの猫達の言葉を聞いたおかげだろう。この出来事を境にノノの気持ちは更に変わっていく事になる。『元々の家族』である男性の事で未だに落ち込みながらも『ある考え』が芽生えるようになったのだ。『彼に会いたい！』という考えが…。

（本当に会えるかは分からない。そもそも今、あの人が何処にいるかも分からない。でも…私は会いたいんだ。会えば何で私と別れたのか分かると思うから…！）

未だ迷いが芽生えているのをノノは当然自覚もしていた。それ以上に強い不安もだ。だが、だからこそ会いたくなったのだ。夢の中の温もりを現実でも感じたくなったから…。

そんな事を自覚するようになったからか。最近のノノはまた様子が変わったようだ。少し前の時とは違い、目に光りが宿り動きも機敏になっていったのだ。その変化は彼女の居住する施設の人間達にも当然分かるものだったのだろう。様子を見ながらではあったが、仕事の量を戻していく。おかげで施設の収益は増え、運営状況も以前の状態にまで少しずつ戻っていった。

そうして施設の運営状況が戻っていくと、その様子を何者かが見ていてくれたらしい。仕事が休みのある日、ノノは不思議な体験をする事になる。それは…。

（…？　一体、何だろう？）

この日、仕事が休みであった事で施設の人間達は当然近くにいなかった。更には施設に所属する他の動物達も大半が仕事で出払っていたらしい。彼らの鳴き声や動く際に発生する僅かな物音も聞こえなかった。それにより必然的に施設内は静まり返っていた。

そんな時だった。静寂の中で自分のケージ内で休んでいたノノが、急に何処からか風のような空気の動きを感じ取ったのは。それだけでなく感じ取った方向から僅かに光も見えたからだろう。その方向に思わず視線を向ける。そして視線を向けた事で気が付いたのだ。現れていたのはただの光ではなく、穴のような形状のものであった事に…。

（…っ!? 何、これ!? こんな物、見た事ない…。）

急に現れた『光の穴』にノノは当然戸惑う。今まで仕事で施設の人間に連れられて色んな所に行っても、『光の穴』は初めて見るものだったからだ。そして猫の本能として僅かでも持っていた警戒心が一気に強まったのか。彼女は『光の穴』を見つめながら尾を膨らませるのだった。

だが、せっかく芽生えた猫らしい警戒心も解かれていく事になる。『光の穴』から風が流れてきていたのだが、その風から僅かに感じ取ったのだ。自分が誘われている事を…。

（何でかは分からない…。でも…私の事を呼んでいる気がする…。）

呼ばれている感覚は『野生の勘』と表現されるようなもので酷く曖昧なもの。本来なら気が付いても放置すべきものだろう。だが、この時のノノにはその考えが芽生えなかったらしい。現に彼女は何かに突き動かされるように穴の方へと歩んでいく。そして彼女が入った後に『光の穴』は消滅してしまったが、それに気が付く者は誰もいないのだった。

一方のノノは自分が入ってきた穴が既に消えてしまっている事に気が付いていないのだろう。その証拠に足を一向に止める様子はない。そればかりか彼女の中では穴に入る直前の『呼ばれている』という感覚が残っているらしい。ただ無言で進み続けている。まるで何かに取り憑かれているかのように…。

すると何かに突き動かされるがままに歩き続けていた事で、想像以上に『光の穴』の奥へと進んでしまっていたらしい。ノノが我に返り足をようやく止めた時には周囲の風景は変わってしまっていた。壁や柵に覆われた見慣れた光景から光の霧のようなものが漂う不思議な場所に…。

（…っ!?　何、ここ…！　怖い！）

自分に取り憑いて突き動かしていたものが急に晴れたのか。我に返った途端、恐怖が一気に湧き上がったのだろう。その感情を示すように体中の毛を逆立てる。だが、それだけでは当然恐怖を抑える事は出来ないのだろう。遂に彼女はうずくまり、その場から動けなくなってしまった。

だが、彼女が辿り着いた場所は『光の穴』が入り口である異空間の内部であったからか。そこを司る者に気付かれる。複数の動物が合わさったような姿をした者に…。

『…ちょっと。入ってきたのなら早くこちらへ進みなさいよ。せっかく呼ばれた事に答えて道を作ろうとしているんだから。』

『…っ!? えっ、えっと…。あなたは…?』

突然現れた者、それも見た目と同様に匂いも数種類の動物が合わさったようなものであった事。何より自分の事を知っているような態度を示し、更にはこの場所についても当然知っているような口振りだったからだろう。ノノは戸惑うばかりだ。それでも少しでも抱いた疑問を解消し、不安な気持ちも取り除きたかったからか。ノノは相手に問いかける。未知の姿をした者に恐怖を抱きながら…。


一方の相手はやはりノノの心情をある程度は読み取れてはいるらしい。失礼とも感じてしまうノノの態度にも特に不満げな様子は見せない。それればかりか彼女が口にしたのはこの場所に導かれた者達が言う事で、ある意味予想通りの内容であったからだろう。慣れた様子で答えた。

『私はあなたのように特別に名前は持っていないわ、ノノ。そうね…『門番』とでも呼んでくれれば良いわ。一応、ここを管理する存在だから。』

『『門番』…? えっと…そもそもここって…?』

『ここは『ゲート』と呼ばれている場所で、一瞬で直前までいた所と違う場所に辿り着く事が出来る道がある空間なの。ここを使えばあなたが望む場所に辿り着く事が出来るわ。ちなみに通る事を許しているのは、あなたのような動物だけなの。『人間』はいないから安心してね。』

『…？　はい…。ありがとうございます？』

　初めて見る姿をした者が自ら『門番』と名乗ってくれた事。そして自分達がいるこの場所についても慣れた様子で説明してくれたからだろう。戸惑いは未だ消えなかったが、ノノは少しずつ理解していく。すると『門番』は人間がこの場所…『ゲート』を使えない事を何故か嬉しそうに告げてもきた。それをノノは当然不思議に思ったが、雰囲気を察したのか。何となくお礼を口にする。だが、人間が使えない理由等については『門番』が語らなさそうなのを再び直感で察したらしい。結局、理解出来ない部分もあったが、それらの疑問は言葉と共に飲み込む事にしたのだった。


　そんなノノの様子を『門番』は無言で見つめる。すると自分の意味深な言葉の意味を深く問い詰めようとしなかったからか。内心安堵もする。そして少しずつ納得していくノノの姿を見ながら更に言葉を続けた。

『…というわけで、以上がこの場所についての説明ね。で、ここからが本題。あなた…ノノは何処か行きたい所があるんでしょう？　教えてくれるかしら？』

『えっ…？』

『この場所…『ゲート』に辿り着いたって事は、少なくても行きたい場所があるって事なの。そういう場所なんてない…つまり毎日満たされた状態だったら、ここに辿り着くどころか入る事も出来ないから。だからあなたにもあると思うの。行きたい所がね。』

『そう言われても…。行きたい所なんて…。』

続けられた『門番』からの言葉にノノは再び戸惑ってしまう。この場所…『ゲート』について理解はしても、『門番』が問いかけてくるような『行きたい場所』が思い付かなかったからだ。それでも相手に促されるように思考を巡らせたからか。彼女は口を開いた。

『えぇっと…『行きたい場所』って言われるとおかしいかもしれませんけど…。知りたい事ならあります。』

『良いわよ。言ってくれる？　そこに繋がる道を作ってあげるから。』

『はい…。彼…私の前の家族だったはずの人間の所に行きたいです。『今は何をしているのか？』、そして…『何で今、私の傍にいてくれないのか？』を知りたいから…。』

戸惑いながらも『門番』に尋ねられたからだろう。促されるように答えるノノ。するとノノが望む相手が人間である事が判明したからか。『門番』は不快を示すように空気を張り詰めさせる。それでも自分の本来の役目を果たすつもりではあるらしい。僅かでも様子が変わってしまった自分を見て怯えてしまったノノに向かって、こんな事を告げた。

『…やっぱりそうなのね。あっ、怯えなくても良いわよ。私は『人間』は嫌いでも、あなた達のような動物達の願いは叶えるつもりだから。だからそうね…。会いたい人の事を強く考えてくれるかしら？　それが道を作る鍵になるから。』

『はっ、はい…。分かり、ました…。』

不快感を露わにした事で様子が変わってしまった『門番』に怯えていたノノ。だが、その相手から促されたからだろう。従うように意識を集中し始める。自分が今最も会いたい人物である『前の家族』を想う事に…。

一方その頃。ノノが所属する施設がある街とは遠く離れた場所に一人の人間がいた。彼女の仕事だけでなく世話も行っている施設の人間である女性だ。だが、その立場から常日頃は動き易いシャツを身に着ける事が多いというのに、今日はカッターシャツに紺のスーツを身に着けている。更に手には何かが入った紙袋を持っていて表情も浮かない。これから会う者の事を考えていたのだから…。

そんな出で立ちであったが、彼女にとって職場である施設が建つ所より人通りが少ない土地だったからか。ほぼ人とすれ違わなかった事で必然的に不審がられる事はない。それは同時にこの町が寂しい場所である事も示していた。だが、彼女が気にする様子はない。無言で歩き進むだけだ。すると休憩らしい休憩を取らずに進み続けたからか。事前に先方へ伝えておいた予定時刻の五分前に目的地へ到着。手続きの時間も考えて目的の建物…診療所へと入っていった。

彼女が訪れたこの診療所は建物の規模こそ大きくはなかったが、入院設備が併設されている施設であった。それも建つ場所が都会に比べると、空気が綺麗で自然も豊かであったからか。設置されている医療機器は最先端のものではなかったものの、環境によって病状が変化し易い者達を中心に数十人の患者がいた。それも入院患者の大半は病状の落ち着いた者達ばかりだったのだろう。比較的に静かな診療所であった。

その診療所に女性はやって来たのだ。当然、目的は自身の入院ではない。この診療所に入院している人物に会いに来たのだ。現に彼女は受付のカウンターにて係の人間に軽く挨拶をすると、慣れた様子で院内を進み続ける。そして名前の書かれた札が脇に添えられた一室の扉を叩くと、そこに入室したのだった。

すると入室した部屋は診療所の入院室であったからだろう。飾り気のない白い壁に囲まれた室内の中央に一つのベッドが置かれていた。それだけではなくベッドの上には一人の若い男性が横たわっていて、上半身を起こしながら窓の外を眺めている。だが、扉を叩く音や開けられた気配で、誰かが入ってきたのが分かったらしい。彼女が完全に入室したのと同時に振り向きもする。そして彼女の顔を見ると、相手が予想通りの人物であったからか。表情を緩ませながら口を開いた。

「やっぱりあなたでしたか。来てくれてありがとうございます。」

「いいえ。こちらこそ遅くなってごめんなさい。仕事を一通り片付けていたもので…。あっ、話で出た物はちゃんと持ってきましたから。…すぐに見ますか？」

「本当にありがとうございます。そうですね…。体調も落ち着いていますし、今見ようかな…。良いですか？」

自分の病室に入ってきた女性にお礼を言いながら、相手が渡そうとしていた紙袋を若い男性は受け取る。それだけでなく紙袋に手を入れると中に入っていた物…数冊の雑誌を取り出しもするのだった。

一方の女性は自分が持ってきた雑誌を見始める男性を無言で見つめる。その脳裏にこの男性との思い出を過ぎらせながら…。

彼女が彼と出会ったのは数年前。まだ彼女が今の仕事…動物達をテレビや雑誌といったメディア業界に貸し出す施設で働き始めた頃だ。当時の彼女は大学を卒業こそしたものの就職活動が難航。定番のアルバイトであるコンビニやファミレス等では働いていたが、定職に就く事が出来ていなかった。特別になりたい職種も持っていなかったからだ。それにより各バイト先に在籍する期間も約三ヶ月と決して長くはなく、実家生活とはいえ不安定さを感じながら過ごしていた。

だが、その不安定な日々も約二年が経過した頃に変わる事になる。発端がテレビか雑誌かは忘れてしまったが、出演していた犬や猫…つまりはタレント動物達に夢中になったのだ。元々、動物は好きであり、いつかは飼いたいと思っていた。だが、幼い頃に父を亡くした事で生活環境が悪化。動物を飼う余裕がない事を知ってしまう。そして生活環境が安定し始めた頃には女性は成長し、学業等に専念。遂に飼う機会はなくなってしまった。それでも動物が好きなままであった彼女は、度々テレビ番組や雑誌に出ていた子達を鑑賞。飼えなかった事で溜まっていた熱を発散するように夢中になっていった。

だが、女性が動物達に夢中になった度合いは、テレビ番組や書籍の鑑賞だけでは済まなくなってくる。ある日、タレント動物達を支える人々の特集がテレビ放送された時に、ふと『この人達のようになりたい。』という考えが芽生えるようになったのだ。それも一度芽生えた考えは一過性のものではなかったらしい。現に女性は芽生えた考えに促されるようにタレント動物達が所属する施設について調べると、彼らを支える仕事に役立つ資格等

について も検索。通信教育という形が主であったが、必要であろう資格を次々と取得していく。そして一通り動物に関われる資格を取得し終える頃に、タレント動物達が所属する施設の求人募集も発見。そこで働き始めた。

こうしてタレント動物達が所属する施設で働き始めた女性。だが、やはり相手は生き物であるからだろう。資格を取得する際に学んできたはずの様々な知識が役に立たない事が多々あった。それは同時に女性に『動物を飼う大変さ』を痛感させ、実際に蓄積されていく匂いや汚れに当てられて逃げたくなった時もあった。それでも初心を思い出し、所属する動物達に癒されもしながら女性は日々仕事に打ち込み続けた。

そんな大変な日々に少し慣れてきた頃だった。女性が彼と出会ったのは。しかも女性が出会ったのは彼だけではない。彼が飼っていた一匹の猫…ノノも含まれていたのだ。もっとも出会った時には既に重い病にかかっていた彼は、ノノと一緒にいる事が困難だというのも同時に発覚。現在はほぼ手放した状況になってしまったのだが…。

それらの出来事を思い出しながら若い男を見つめる女性。すると彼の方も女性からの視線に気が付いたらしい。その証拠に直前まで開いていた雑誌等を閉じると膝の上に置く。

更に小さく息を漏らしたかと思うと、こんな事を口にした。

「あの子は…ノノは元気なんですね？」

「えっ、ええ…。写真でも分かる通りあなたと離れた時に比べると体は大分大きくなったし、顔もちょっと可愛らしさがなくなっちゃったけどね。ご覧の通り一応は元気に『お仕事』をしているわ。人気もあるしね。」

「そうなんですね…。良かった。」

女性からの言葉で自分の元飼い猫で、かつての『家族』であったノノの近況を改めて知る事が出来たからだろう。男は僅かに笑みを浮かべる。だが、その胸中では喜びとは真逆の感情が渦巻いているらしい。現に彼は浮かべていた僅かな笑みを消すと再び口を開いた。

「僕は…酷い人間です。拾うだけ拾って最終的にはあの子と一緒にいる事を放棄した。それなのにテレビや雑誌であの子が出ていると思わず手を伸ばしてしまう。それだけじゃなくって誇らしくも感じてしまうんです。『僕のノノは凄いだろ！』って…。そんな事、言う資格なんてないのに…。」

「…っ。」

「だから、あなた達には本当に感謝しています。放棄されそうになったあの子を引き取ってくれた。それだけでなく仕事も与えてくれた。おかげで僕は彼女の今の状況を知る事が出来るのだから…。」

「そんな…あまり気にしないで下さい。むしろ感謝するのはこちらの方なんですよ？　あなたは命を救っただけでなく、あの子を私達に引き合わせてくれた。おかげであの子は人気者になったし、私達の施設もその…潤う事が出来たの。だから…自分を責めないで？お願いですから…。」

「はい…。ありがとう、ございます…。」

　久し振りに雑誌の中で飼い猫であったノノを見た事。それだけでなく彼女を引き渡した人間にも会った事で、男の中で罪悪感のようなものが一気に強まったのだろう。必死に女性が慰めを含ませた言葉を口にするが、男はそれに答えなくなってしまう。無理もない。男の言う通り彼はノノが子猫の時に捨てられていたのを拾い育ててはいたものの、彼女が成猫になる前に手放してしまったのだ。それもタレント動物の募集期間外だというのに直接施設に押しかけ、土下座までして頼み込んだのだ。確かに命に係わる病気が判明し入院も余儀なくされた為に、ノノと一緒にいられない事も発覚。それにより仕方がないといえば仕方がない事だろう。だが、その行動は施設側にとって行き過ぎとも思え、彼自身も良くないものであるという自覚はあった。それはノノを手放してから時間が経過した現在でも抱き続けているらしく、現に彼は女性がいくら言葉を紡いでも浮かない表情のままだった。

その日の夜の事。日中の出来事…タレント動物を扱う施設の人間が見舞いに来てくれた事。その女性が持ち込んだ見舞い品の雑誌等を発端に、ノノの事を否応なしに考える事になった影響だろう。彼女の元飼い主で『家族』であった男は眠れなくなっていた。そればかりか脳裏には、拾った時や別れた時のノノの様子ばかりが過っているらしい。体調は安定しているはずなのに胸の奥底に苦しみが渦巻き続けている。『後悔』や『懺悔』とも表現されるものが…。

だが、そんな彼の心情を更に乱す事態が起きる。消灯時間が過ぎた事で夜特有の暗さと静寂が包み込む病室内に、突然自分以外の何者かの気配を感じ取ったのだ。それも気配の正体を見極めるべく恐る恐る開いて動かした彼の瞳に映ったのだ。この場所に絶対いないはずの存在…自分が手放した相手である元飼い猫で『家族』だったノノが…。

「…っ!? 何で…君がここに…。」

「ニャア。」

有り得ない状況に激しく動揺したからだろう。彼は思わず声を漏らす。だが、明らかに有り得ない状況でも今現在、実際に起きている出来事ではあるらしい。その証拠に動揺のあまり声を漏らしてしまった彼の呟きに答えるように、ノノは一つ鳴き声を上げるのだった。

一方のノノは一つ鳴き声を上げた後も彼を見つめる。だが、激しく動揺する彼と比べて、ノノの戸惑いは少ない。むしろ突然現れた光の穴を潜った事で不思議な空間…『ゲート』に辿り着いた事。更には『門番』と名乗った初めて見る姿をした者に出会い、その相手が持つ不思議な力を目の当たりにしたのだ。既に彼よりも動揺が少なくなっているのは仕方がないだろう。そればかりか『門番』の言葉通りに『家族』であった男に再会出来たのだ。強い喜びのようなものが自分の中で大きくなっていくのを彼女は自覚しているらしい。その証拠に彼女の尾は自然と上がり、機嫌の良さも表すように揺れていた。

更に驚きの出来事が起きる。元『家族』である男と再会出来た喜びを改めて口にしたのだが…。

「良かった…。会えた…。」

「…っ!?　ノノ…君、言葉が…。」

「…っ!?」

自分の言葉は人間に通じない事をノノは本能で分かっていた。だからこそ改めて彼に会えた喜びを自分の言葉で口にした。すると自分の言葉を彼は理解しているような態度を見せたのだ。それは彼だけでなく気が付いたノノでも驚く事だ。だが、それ以上に芽生えたのは強い喜びだったらしい。その証拠に彼女はこんな言葉を続けた。

「えっと…お久し振りです。あなたに会いたくて…ノノはここまで来たよ。」

「ノノ…。」

「会いたかった…。離れてからも…あなたの事を考えていたの。だから…今、すごく嬉しい、です。」

「そう、なんだね…。僕も…嬉しいよ。」

元『家族』であった男に再会出来た喜びを口にするノノ。それも彼に自分の言葉が伝わっていると気が付いたからか。更に強まった喜びを必死に示してくる。そして男の方も現状に戸惑いながらも、相手が自分の元『飼い猫』だと分かったからだろう。笑顔を浮かべるのだった。

だが、いつまでも再会の喜びを味わう事は出来なかった。一匹と一人が再会したのが衛生面や侵入した者に対して厳しい場所であったからだ。それだけでなくノノはここに辿り着く前に『ゲート』にて『門番』から言われたのだ。帰る場所が存在する者の為に一時的に道を作っている事。それにより彼の所に留まれる時間が限られている事をだ。そして『門番』とのその時のやり取りを思い出したからだろう。ノノは寂しそうにしながら彼に向かって告げた。

「あのね…。私がここに来たいと思ったのは、あなたに捨てられたと思ったからなの。いつの間にかあなたと離れていたから…。だから何で離れちゃったのか知りたかったんだ。」

「ノノ…。」

「でも…そう思えるようになったのは最近なんだ。ずっとあなたの事を忘れていたから…。だからね、会えたら謝りたいとも思ったの。…忘れててごめんなさい。」

　元の場所に戻る為には、この場からすぐにでも離れなくてはならない事を分かっていたからか。ノノはそう言うと彼に背を向け、まだ辛うじて開いた状態である光の方へと向かっていく。彼に対して後ろ髪を引かれる感覚に気付きながら…。


　一方の元『家族』であった男はノノを見つめながら、それらの言葉に耳を傾け続ける。すると自分に背を向けた彼女が光の方へ歩き始めた事。更に直前の様子や雰囲気から自分の前から立ち去り、二度と直接は会えないであろう事を察知する。そして察知した事で同時に強い寂しさも芽生えたのだろう。思わず口を開いた。

「謝るのは…謝るのは…僕の方だ…。君を…捨ててしまった…。自分の体を理由にして…。ごめん…。ごめんなさい…ノノ…。」

　もう再会出来ない事を察知した事で一気に湧き上がったのは寂しさだけではない。むしろ懺悔の想いの方が強かったからか。元『家族』の男の口から出るのは謝罪の言葉ばかりだ。そして元であっても『大切な飼い猫』という想いが芽生え続けている相手で、猫でも自分の本心を伝えたかったのだろう。既に背を向けられているというのに上半身を前屈みにする。その体勢は体が弱い彼にとって苦しみを感じさせるだけだったが、決して止めようとはしないのだった。

そんな彼の想いは確かにノノに届いたらしい。現に彼女は光の穴へと向かっていたはずの足を止める。それだけでなく彼に背を向けたままではあったが、こんな事も呟いた。

「…謝らなくて良いよ。確かに最初…夢を見てから、あなたの事を思い出した時は腹が立った。それ以上に悲しかったよ？『捨てられた』って思ったから。でもね…。何回か見てきた夢のおかげで思い出したの。あなたが優しく私に触れてくれた事。別れる時に泣いてくれた事もね。だから…もう良いの。大丈夫だよ。」

「ノノ…。」

「ありがとう…。元気でね。」

「ああ…。君もね、ノノ。ずっと見守っているから…。」

謝罪の言葉と態度を示していた男に背を向けながらも呟くノノ。それも自分に対する感謝の言葉が込められていたからだろう。元『家族』の男の中に熱いものが込み上げてきたらしく、瞳は益々潤んでいき雫も零れ落ちる。そして別れの言葉を口にして、ノノが光の穴に入っていくのを見送るのだった。

彼に見送られながら光の穴へ入っていったノノ。その後も更に四本足を動かし『ゲート』の中を進んでいく。だが、その胸の中にはここに入る直前…元『家族』であった男と再会した時の事。更には別れる時の事も過っていたのだろう。胸が締め付けられるような感覚を彼女は自覚していた。自分の背後で彼が苦しそうにしていた事に気付いてしまったから…。

（あんな風になるのなら…会わない方が良かったのかな…？）

猫は人間の細かな感情が分からない。だが、大切な人間の様子の変化には本能で気が付くものだ。それはノノも当然含まれていて、むしろ彼女の場合は『仕事』で多くの人間と接していたからだろう。別れる直前の様子から彼が『辛い』『苦しい』という感情を自分に対し示していた事を察知していた。そして察知してしまったからこそ、彼女の中で重苦しいものが芽生え渦巻いていく。自分が思うがままに行動した事による、後悔という感情によって…。

そうして重苦しいものを胸の中に渦巻かせながら手足を動かし歩いていくノノ。すると自分が今進んでいる場所が、その者の領域だったからだろう。進む彼女の前方に『門番』が姿を現す。更に『門番』はその存在からノノの心情のようなものも察したらしい。それを示すように彼女へこんな事を呟いた。

『…どうしたの？　目的を果たす事は出来たんでしょう？　それなのに…何でそんなに暗くなっているのかしら？』

『『門番』さん…。』

自分の前に現われた『門番』にそう尋ねられるが、ノノはすぐに答える事が出来ない。人間嫌いの相手に元『家族』の事を話しても大丈夫なのか分からなかったからだ。だが、自分を見つめてくる瞳は自分と何ら変わりない澄んだものであった事。それに何だか安心し、同時に促されもしたのだろう。ノノは告げたのだ。元『家族』である彼に再会出来た時の事。そして別れた時の事を…。

だが、相手は人間嫌いである事を自ら告げていた『門番』だ。やはりノノの元『家族』とはいえ人間の話だからだろう。話は聞いてくれているようだが、その様子はあまり興味を抱いているものではなさそうだ。それでも動物が、しかも自分が受け入れ色々と手引きした相手が必死に話をしていたからか。無視はせず、むしろノノに告げた。

『別にあなたが気にする事はないんじゃない？　…ってか、人間の事なんて気にする必要はないわよ。彼らは簡単に命を摘み取るような存在なんだから。』

『『門番』さん…。』

『それに…ここ『ゲート』内であなたは見たでしょう？　彼が別の人間とあなたの話をしているのを。それも嬉しそうにね。だから本当に気にしなくて良いと思うの。でも、そうね…。そんなにあの人間の事を気にするのなら『仕事』っていうのを頑張れば良いんじゃない？　彼が喜ぶ姿を想像しながらね。』

『…っ！　そう、ですね…。ありがとうございます。』

自分の話を聞いてはくれたが、その言葉や態度から『門番』の人間嫌いな度合いを改めて思い知らされたからか。ノノの気持ちは益々沈んでしまいそうになる。だが、『門番』がすぐに続けた言葉で元『家族』であった男に直接再会する直前の様子を思い出せた事。何より助言のようなものまで貰えたからだろう。自分の中で渦巻いていた重苦しいものが徐々に軽くなっていくのをノノは自覚する。そして『門番』からの助言に気分が浮上し、改めて気力も沸いたらしい。その証拠に様々な事を含めて『門番』に感謝の言葉を口にする彼女が漂わせていた悲しさと苦しみの色は徐々に消失。むしろいつもの彼女特有の輝きを取り戻したのだった。

それから更に日は経過して。ある街の中に建つビルの中では複数の人間と数匹の猫達が集まり密かに賑わっていた。恒例となっている雑誌の撮影等を行う為だ。その猫達の中には当然のようにノノも含まれていて、他の猫達と並んだりして『仕事』をこなしていく。だが、一見楽しく撮影を進めているように見えても、その空間にいて動き回る人間達は僅かに緊張もしていた。今回は原因不明の体調不良で休業していたノノが本格的に仕事を始めてまだ間もなかったからだ。それは動物と関わる仕事を行っている人間達にとって、通常業務以上に気を引き締めなければならない事を意味していた。自分達の僅かな行動で売れっ子の猫である彼女が再び長期休業してしまう可能性を持っているのだから…。

だが、そんな人間達の考えは杞憂に終わる事になる。順調に撮影等が進んでいったからだ。それは大変喜ばしい事であり、人間達は驚きながらも密かに胸を撫で下ろす。そして今回、共演する事になった他の猫達も噂されていた最近の彼女の様子と違っている事に気が付いたからか。口を開いた。

『あの…もう大丈夫なのですか？』

『そうですよ！　皆が言ってました！　ノノさんは調子が悪いから『仕事』が出来ないって！　それなのに大丈夫なんです!?』

『えっと…。』

口々に声を発していく猫達。それは彼らなりにノノを心配していた影響だろう。勢いは凄まじくノノは思わず戸惑う。それでも同時に皆が自分の事を敬愛し、心配してくれるほどに大切に想ってくれている事が分かったからか。喜びを示すようにいつの間にか尾は上がったのだった。

だが、他の猫達は自分達のおかげでノノが喜んでいる事に気が付かないらしい。現に未だ心配そうな様子を見せている。すると皆の様子が変わらない事。何より気遣ってくれた事に対する感謝や今の心情を表したかったのだろう。他の猫達を見ながら告げた。

『心配してくれてありがとうね、皆。でもね、私はもう大丈夫だよ。『仕事』をする意味を見つけたから。』

『…？』

『どういう事ですか？　ノノさん。』

自分の体調がもう落ち着いている事。そして『仕事』に対する決意を口にするノノ。その姿は真っ直ぐで言葉通り力強さを感じさせている。だが、猫同士であってもノノ自身ではない彼らが真意を理解出来るはずがない。その証拠に再開された『仕事』に対応はするが、彼らの中では疑問が渦巻き続けているからか、終始戸惑った様子で撮影され続ける。先日再会した時の元『家族』の男を思い出した事で、自然と気合が入っていったノノと一緒に…。

そうしてノノを含む猫達の撮影が再び行われていくのを、『ゲート』から『門番』は見つめる。するとノノの様子が『門番』の瞳でも以前の状態に戻れたように映ったからだろう。見守る存在でもあった為に密かに安堵の息を漏らす。だが、ノノが以前のような状態に戻れた理由が、『門番』にとっては理解し難い事…人間だったからか。安堵するのと同時に複雑な想いも抱いたのだろう。『門番』はこんな事を呟いた。

『彼女が前みたいに戻ったのは良い事だけど…。そんなに『人間』って大切な存在なのかしら？『仕事』をしたくなるほど…。』

その立場から『人間』が多くの命を操る様子を見てきた『門番』。だからこそノノを含めた『人間』を大切にし、時が経過しても思い続けている動物達の事は相変わらず理解出来ない。それでも役目を自分なりに果たす事を考えている『門番』は、動物達の事を否定するつもりはないのだろう。現にその頭の中では不理解という言葉が巡っているようだが、ノノを見つめる姿は不思議と温かさを感じさせるものだった——。

狩猟～アラシ～

『獲物は何処だ？　俺にもっと獲物を狩らせろ。じゃないと『アイツ』は俺を呼び戻してくれないんだ。大きな獲物を獲れない俺なんて――。』

世の中には色んな動物がいる。四足歩行をする者や『人間』と同じように二足歩行をする者。翼を持ち自由に飛び回る者や、逆に水中を泳ぐ事が得意な者等々…。その行動力や生息地は様々だ。更には種族によって捕食する物も色々とあり、特に肉類を主食とする動物達は危険視もされていた。対峙してしまった自分の命が危ぶまれてしまうのだから…。

そんな肉食の動物達は鳥類の中にも存在していた。しかも肉食の鳥類は鷹やフクロウ等が主なのだが、体の大きさだけでなく足には鋭い爪を持つ事。更にはくちばしを使って噛み付く力も強かったからだろう。人々は彼らのような鳥類の事を『猛禽類（もうきんるい）』と呼び恐れるようになった。だが、同時に彼ら『猛禽類』が捕食の際に高い洞察力等を発揮している事が判明したからか、『人間』達はそれを生かす事を考えるようになる。そして主に鷹等の『猛禽類』を相棒にして、狩りを行う『鷹匠』に協力を依頼。農作物等を荒らす動物達を追い払わせる仕事もさせるようになる。それにより『人間』と『猛禽類』の付き合い方に更なる変化が生まれたのだった。

そうして『鷹匠』という存在が生まれてから長い年月が過ぎて。一羽の鷹が少女とも表現出来るほどの若者…珍しい女の『鷹匠』の相棒になった。別の『鷹匠』の元相棒であった親の鷹に似て鋭い眼光と爪、更には巣立ちして間もない頃から力強く羽ばたく事が出来る翼を持つ雄の鷹だ。その素晴らしさは現役の『鷹匠』達が『自分の相棒にしたい！』と思ってしまうほど、強さと美しさを兼ね備えた姿をしていた。そして実際、彼は巣立ちが完了し切る前に狩猟用の鷹にさせる事が決められ『アラシ』という名も与えられる。それだけでなく彼は巣立ちが完了して半月ほどで相棒の人間が付けられ、『鷹匠』の鷹として生きる事になったのだった。

そんな期待されたアラシと相棒の少女であったが、それは外れてしまう事になる。アラシの自我が強く、まだ自分の相棒…『鷹匠』の指示を聞けなかった事。つまり彼が若すぎたのだ。だが、『仕事』が上手くいかない理由はアラシだけが原因ではない。というのも、彼の相棒である少女が少し気性の荒い性格の持ち主だったからだ。それは少女の父親が生前猟師であった事や、狩猟中に熊に襲われ亡くなった事が影響しているのか。獣害の報告とそれに伴っての依頼がくる度に彼女は意気込むが、その都度力が入り過ぎてしまうらしい。妙に焦燥感に駆られていた彼女はアラシへの指示も上手くいかず、一人と一羽で行う『鷹狩り』は動物の誘導も出来ないほどに失敗の連続。それにより周囲の期待は着実に低くなっていった。

だが、その日々も『ある出来事』を発端に、少しずつ変わっていく事になる。アラシの親鳥であり長年活動していた『鷹匠』の相棒の鷹が亡くなったのだ。それも亡くなった原因は最近増加していく一方の農作物だけでなく人間へも被害を与えていたヒグマを攻撃する際に、相棒の『鷹匠』を守ろうとして逆に襲われ重傷を負った為にだ。それは『鷹匠』にとって相棒の鷹が、自分を『大切な存在』と思ってくれている事を証明するようなものだからだろう。現に『鷹匠』は自分が助かった事を喜び、同時に相棒の鷹に感謝もしていた。だが、彼らの事を知る他の『鷹匠』や猟師達は『貴重な戦力を一つ失った。』という感覚の方が強いらしい。それを示すように鷹を埋葬する際には他の『鷹匠』達も集まってはくれたが、浮かべた表情や様子は『悲しみ』よりも『悔しい』や『残念』という色の方が濃くなっていく。そして彼らのそれぞれの相棒であった鷹達も、周囲の『鷹匠』や猟師達の影響か。仲間を失った悲しみよりも『残念』という想いの方が強くなる。更に中には必然的に『仕事』が増えてしまった事に嘆く者もいたのだった。

そうして不謹慎とも感じられる態度を取る者達が大半の一方で、亡くなった鷹の子であるアラシは少し違う想いを芽生えさせた。自分の相棒を守り命を落とした親鳥を『凄い』『格好良い』と思ったのだ。当然、自分の親鳥が亡くなった事を知った際には、怪我もしていないというのに痛みを感じた。つまりは失った事で『喪失感』というものを初めて知ったのだ。だが、それだけでなくアラシは改めて学んだのだ。自分達にとって相棒の『鷹匠』である人間は時に守らなければならない『大切な存在』である事を…。

（そこまで出来るようになるかは分からない…。けど、きっと…俺達はそうならなきゃ駄目なんだ…。選ばれた存在でもあるのだから…！）

親鳥が亡くなった事を知った時、アラシは過去の事…巣立ち直前の時の事を思い出していた。複数の『人間』が自分の事を嬉しそうに見つめていた事。そして親鳥から自分達の存在について教えられた事をだ。それらの話は難しく、当時のアラシは理解する事が出来なかった。だが、実際に『鷹匠』に選ばれ『仕事』をするようになって、アラシは自分が

『凄い存在』だった事に少しずつではあったが気が付くようになる。それと同時に親鳥の死を経て、恵まれていた自分は今まで以上に頑張らなければならないと思うようになっていった。

そんな想いと共に決意も改めて強く芽生えるようになったからか。アラシは『鷹匠』の鷹としての役目を果たすべく行動を開始。自分よりも先に『鷹匠』の相棒となった先輩の猛禽類達に声をかけると、自分達が『鷹狩り』を行う標的の動物について情報を収集していく。更には定期的に『鷹狩り』の訓練が行われているのだが、それに相棒の少女と共に参加するアラシは毎回集中。他の猛禽類達から技術等を習得していく。その効果もありアラシの飛行力を含めた狩猟技術は各段に上昇。以前は失敗する事も多かったネズミ等の小さな動物を相手にした『鷹狩り』も全て成功するようになる。その変化は周囲の者達の目から見ても明らかなものだったからだろう。皆は安堵するのと同時に強い喜びも抱くのだった。

だが、能力が伸びていくアラシの一方で、彼の相棒で『鷹匠』であるはずの少女は一向に変化が見られない。『鷹狩り』を成功させようと高まった飛行技術等で飛び回る彼と違って、相変わらず的確な誘導や指示等を行わなかったのだ。そればかりかアラシが変わるきっかけとなった出来事…彼の親鳥が亡くなった原因が自分の過去に似ていたせいだろう。悲しい過去が過り同時に強い苦しみも感じてしまう。更には時間の経過と共に苦しみは僅かに緩和されていったが、代わりに別の感情が芽生えてしまう。大切な存在を次々と殺していく非情な存在に対する怒りが…。

（許さない…！　絶対に…殺してやる…！）

熊等の害獣と呼ばれる存在も自分達が生き残る為に必死なのは分かっていた。それでも彼らによる被害の数が、圧倒的に自分達に対して多いと感じてしまっているからか。少女の感情は一向に収まらない。むしろ芽生えた『怒り』の感情は日々膨れ上がり、それを胸の中で育てながら『鷹匠』としての仕事を行っていた。

そんな強過ぎる想いをそれぞれ抱えていたからか。最終的な目的が同じであるはずなのにアラシと相棒の少女の『仕事』の成功率はあまり上がらない。相変わらず自分達の考えのままに動き続けた事で、比例するように『鷹狩り』も失敗し続けていたのだ。その件数は依頼で出動件数が増えれば増えるほどに当然増加していく。そして同じ組合に所属する他の『鷹匠』や猟師達は失敗する一羽と一人の姿に『相性が良くない。』と判断もしたらしい。それを示すように密かにコンビを解消する事を模索し始めていた。

だが、その計画は実行されずに済む事になる。それぞれの想いのままに起こしていた行動により薄かった絆が強まったのだ。それも原因は山での仕事を行う者にとって一度は体験する可能性が高い『動物に遭遇し襲われそうになる。』というもので、その動物も一羽と一人にとっては因縁の存在でもある熊だった。だが、アラシは飛行技術等を上げた事で、自分の親鳥を死なせた因縁の存在である熊から『鷹匠』の少女を守る事に成功。そして少女も自分を守ろうとするように飛び回るアラシの姿を目の当たりにし、喜びと同時に冷静さを取り戻す事が出来たらしい。熊と上手く距離を置きながらアラシに的確な指示を飛ばす事に成功する。その結果、遂にアラシと『鷹匠』の少女は初めての『鷹狩り』も成功させたのだった。

すると『鷹狩り』を成功させたからか。アラシと相棒の『鷹匠』にとって自信が生まれたのだろう。以降、一羽と一人で行われた『鷹狩り』の『仕事』の失敗は極端に減っていく。むしろ『鷹匠』としての自覚が芽生えた少女と猛禽類の本能が日々強まっていったアラシだ。入ってくる『仕事』を次々と、それも確実に片付けていく。そして能力の高い一羽と一人が『仕事』を行う動き等は鮮やかさも感じられるほどに素晴らしいものだったからか。一時はコンビを解消させる事も模索していた者達は徐々にいなくなっていった。

こうして他の『鷹匠』や猟師達から心配されていたアラシと少女は、コンビとして本格的に活動を開始する事が出来た。すると元々期待されていた一羽と一人の息が合い始めた事。それを関係者達が話していたのを他の人間達も聞いたのだろう。アラシと少女のコンビに対する依頼が急激に増加していく。更には近年の急激な自然環境の変化で野山の緑や実りが減った影響か。食べ物や住処を求めた野生動物達が下山してしまい、以前よりも目撃情報が増加。それと相まって依頼数も増えてしまったのだ。その増加具合は以前の依頼数の数倍にも跳ね上がり、当然素晴らしい能力を持つアラシと少女だけでは処理し切れなくなる。むしろ他の『鷹匠』や猟師達が協力し合っても全てを解決する事は非常に困難だ。それほどまでに依頼数は増える一方だった。

そんな状況になってしまったからか。『鷹匠』や猟師等は増えるばかりの『仕事』に気力と体力を消耗し続けたのだろう。彼らは次々と倒れてしまう。元々、『鷹匠』や猟師の人数は少なく、その人間達も年老いた者が大半なのだ。彼らが倒れるのは必然的だったのかもしれない。だが、それを分かっていても『仕事』は否応なしに舞い込んでくるのだ。だからこそ彼らは倒れながらも、『仕事』の為に日々野山を駆け回るしかなかった。

その中にアラシと彼の『鷹匠』である少女も含まれていた。特にアラシと少女は同職の者達の中で一番若い事。何より一羽と一人がそれぞれ高い能力を持っているのだ。それが証明されたのが最近で経験が浅くても、『仕事』を依頼する者達にとってはあまり気にならないらしい。現にこれ以上互いに過剰な負担がかからないように他の『鷹匠』達と『仕事』を振り分けていたが、新たに入る『仕事』によりそれは度々崩壊。結局、毎日のように朝から夕刻まで野山を駆け回る事になる。少女ですら疲労が蓄積し取れなくなってしまうほどに…。

そうして溜まり続けた疲労のせいだろう。『ある事故』が起きてしまう。それも発生した事故が事故であったからか。アラシは『鷹匠』の鷹ではなくなってしまった。相棒の少女が彼の前から永遠に消えたのだから…。

事の発端は一件の『仕事』の依頼だった。それは山菜取りをしていた老夫婦が動物に襲われ負傷した事が原因という、特に珍しくもない出来事だった。だが、老夫婦が襲われた場所が他の人間達も度々行き交う散歩道もある山である事。何より命に別状がなくても老夫婦が入院するほどの傷を負ってしまったからだろう。襲ってきた動物を捕らえるべく『鷹匠』や猟師達の新たな『仕事』になってしまったのだった。

そんな定番の流れにより発生した『仕事』の最中に事故は起きたのだ。その時の『仕事』は老夫婦を襲った動物…イノシシを狩るという内容で、猟師達にとっては日々行っている『仕事』と大差ないものだった。だが、襲ってきたイノシシがよく見るものよりも体が大きいという情報があったからか。従来の罠等が効かない可能性を猟師達は危惧したらしい。猟師達が地上を、鷹の相棒を持つ『鷹匠』に上空を見張らせる…という具合に役割分担をして捜索を行うようになった。だが、標的で狩猟対象となった巨大イノシシは思った以上に警戒心が強いらしく、役割分担してもなかなか見つけられなかったからだろう。猟師や『鷹匠』達が動き回る山は日が経過するほどに空気が張り詰めていった。

そうして日ごとに空気が張り詰め、精神が休まらなかったからか。今までいくつもの険しい野山等に入り『仕事』を行っていた猟師達も、疲労が溜まり過ぎてしまったのだろう。荒んでしまった彼らは僅かな物音でも猟銃を構えるようになる。それだけでなく一人の猟師が実際に発砲。その銃弾が『ある存在』に当たってしまう。一羽の鷹…アラシを飛ばす事で上空から見張らせていた相棒の『鷹匠』である少女に…。

「…っ!?　そんな…！　俺は…そんなつもりじゃ…!?」

物音で自分達が狙っている標的の巨大イノシシだとしか思わなかったからだろう。猟師の男は音のする方向へ狙いを定め、迷いなく引き金を引いてしまった。そして猟銃から放たれた弾は猟師の男の狙い通り標的に命中したが、駆け寄り確認した事で当たったのが若き『鷹匠』の少女だと判明。猟師の男は激しく動揺してしまう。だが、その声に若き『鷹匠』の少女が反応する事はない。猟師の男が放った弾が頭部を貫通。既に息絶えてしまっていたのだから…。

こうしてアラシの相棒であった若き『鷹匠』の少女は突然亡くなってしまう。すると彼女が亡くなった事実は猟師達の間に激震が走るものだったのだろう。実際、彼らはしばらくの間『仕事』が行えなくなるほどに激しく動揺していた。更には『鷹匠』の少女の死因が事故とはいえ猟師のせいだったからか。それを知った世間は有能な若き『鷹匠』を死なせてしまった猟師を責め立ててしまう。しかも非難の矛先は彼だけでなく、猟師の男を雇っていた自治体にまで移行。その自治体が設置されていた集落の住民も巻き込まれたくなかったらしく、若者を中心に離れていってしまう。そして最終的には渦中の猟師が自殺し、自治体も解体されるという最悪な結果を経て、ようやく『鷹匠』の事故死による騒動は終息していったのだった。

だが、一連の出来事で、現場は大混乱していたからか。大半の者達は亡くなった若き『鷹匠』の少女の相棒であったアラシの状況を確かめる事や、把握した上での回収を忘れてしまう。それでも一部の『鷹匠』達は立場上、アラシの事を覚えていたのだ。その証拠に『仕事』の合間に、それぞれが持つ相棒の鷹達を飛ばしたりしてアラシを探していた。だが、一連の出来事は日々良くない方に展開し、その分『仕事』も増量していったからだろう。アラシの捜索に使える時間は減っていくばかりだ。その結果、事態が落ち着いた頃には時間が経過し過ぎていたからか。アラシの痕跡は完全に消えてしまっていたのだった。

そうして若い『鷹匠』の少女だけでなく、彼女の相棒であったアラシまで皆は失ってしまった。だが、当のアラシは皆の状況を知るはずがない。むしろ自分の相棒である娘が既に亡くなっている事も知らないのだろう。現に相棒の娘の姿がいつの間にか消えていた事に気が付いてはいたが、彼は飛行を継続。動揺する事なく自分達の『仕事』である巨大イノシシを捜索していた。

だが、やはり途中から相棒の姿が見えなくなった事で、自身も気が付いていないほどに動揺していたらしい。それを示すように『仕事』の対象である巨大イノシシを見つける事が出来ない。日々の訓練等で飛行技術や捜索能力がより高まったはずだというのにだ。それでもアラシは『仕事』の為に、何よりも相棒である娘からの指示に従うように跳び回り続ける。今は姿が見えなくなっていても『仕事』を成功させれば、また彼女に会えると思っていたのだから…。

(だから俺は…止まらない。止まったら駄目だ。そうしなければ…アイツはきっと俺を呼んでくれない。獲物を見つけて知らせないと…!)

その考えが頭を過ぎり続けているからか。アラシは翼をほとんど休ませず、鳥類の中でも優れた方である視力で周囲を見回す。何かに取り憑かれたようにも感じさせる様子で…。

だが、『仕事』を必死に続けるアラシの意欲を失わせるように現実は残酷だった。『仕事』の対象である巨大イノシシが見つからなかったのだ。確かに捜索している最中に他の動物達が噂しているのは聞いた。『巨大イノシシは既に亡くなっている。』という噂をだ。それでもアラシが捜索を止める事はない。巨大イノシシが亡くなった姿を見ていなかった事で、動物達からの話が信じられなかったからだ。その想いは日が経過すればするほど強まっているのだろう。現にアラシは自分の体に僅かな異変を感じ始めるようになっても行動を止めようはしなかった。

その状態から、どれほどの時が流れたのだろうか。実際には数年どころか十数年以上は経過していたらしい。現に巨大イノシシの目撃場所である山は、一連の出来事も相まって満足な手入れが行われなくなってしまったのだろう。放置されるようになった年月を表すように草木は異様に伸び、人間が歩き難い状況へと変わっていった。

そんな荒んだ様子の山中を一つの影が飛び回っていた。かつて『鷹匠』の相棒であった鷹のアラシだ。その動きは彼の中で未だ『仕事』を継続しているのか。以前の姿をほぼ維持させた様子で、周囲を見回すような動きと共に鮮やかに飛び回り続ける。それらの行動は既に無意味である事に全く気が付いていない様子で…。

だが、一見すると以前と変化がないように感じても、アラシ自身にも長い時間が流れていた影響があるようだ。その証拠に飛び回る速さは以前と変わらないが、不思議な事に木々に当たらない。薄暗さを感じるほどに枝が伸びた木々が無数に生えている場所だというのにだ。そしてアラシもどれだけ素早く飛び回っても木々等にぶつからない事。それだけでなく同じ頃から自分の体が妙に軽くなった事にも一応は気が付いていた。だが、アラシにとっては何度夜がきて朝を迎えても、相棒である『鷹匠』の少女が自分を呼び戻してくれない事。つまりは自分の『仕事』が終わっていないと思い続けているらしい。それを果たす事を最優先しているらしく、山中を飛び回る事を止めようとはしないのだった。

そんなアラシであったが、遂に翼を止める時が訪れる。『仕事』の対象である巨大イノシシの捜索を続けていた時、何処からか風が吹いてきたのだ。季節外れの温度を感じる風をだ。それだけでなく不思議に思いながらも、風が吹いてくる方向に振り向いたアラシの目に『それ』は映ったのだ。不思議な温度の風を放出する『光の穴』が…。

(…っ!? 一体、何なんだ!? さっきまでなかったはずなのに…!)

不思議な温度の風だけではなく、光の穴も直前まで明らかに存在していなかったからか。それに気が付いたアラシは動揺する。だが、『光の穴』はアラシの動揺を察知出来るのか。それとも『光の穴』を生んだ者の意思が影響されているのか。『光の穴』はアラシに自分の存在を主張するように留まり続けていた。

更に『光の穴』の不思議さを表す出来事はこれだけではない。むしろ『光の穴』の目的はアラシの前に現われる事ではなく、彼自身を引き込む事だったらしい。現に直前まで不思議な温度の風を放出していたというのに、その様子は僅かに変化。今度は自身に取り込ませるように風の流れを真逆にさせる。するとその風は流れが変わっただけではなく、かなり強い力のものだったらしい。現に『光の穴』はアラシを徐々に自分の方へと引き込んでいく。ずっと維持されている高い飛行技術で力強く羽ばたき続けているというのにだ。それはアラシにとって当然予想外の事で、同時に恐怖のようなものも感じてしまったのだろう。全ての力を使うように必死に羽ばたき続ける。だが、『光の穴』は異界のもので不思議な力から生み出された存在なのだ。アラシの飛行力が強くとも関係はないようだ。その証拠に『光の穴』は強い風で周囲を吸い込み続け、最終的にアラシは取り込まれてしまったのだった。

そうして謎の『光の穴』に取り込まれてしまったアラシ。だが、彼が戸惑った出来事はこれだけではない。『光の穴』に吸い込まれる際に強い力で引き寄せられた影響で一瞬意識を失ってしまったのだが、戻った時に気が付いたのだ。直前の山中の時とは違い、真昼のように…むしろそれ以上に明るい光の中に自分がいる事に…。

(…っ!? ここは一体…!? いや、場所だけじゃない! 何なんだ、この気配は…!?)

明らかに意識を失う前までいた場所…山中と違う光景が広がっていた事。何より察知したのが複数の存在が混じり合った不思議で感じた事のない気配であったからだろう。アラシは動揺するばかりだ。更には飛行能力と共に鍛えられた洞察力により周囲の様子を素早く観察出来たが、そのせいでアラシの動揺は深まっていく一方だ。自分が辿り着いたこの場所に出入り口になりそうな穴がない事、つまりは異様な場所でも脱出する事が出来ないと判明したのだから…。

(…っ。くそ! 何で閉じ込められるんだよ!? 俺は…アイツとの『仕事』がまだ終わっていないんだぞ!? だから早く…ここから脱出しないと…!)

閉じ込められた事に気が付いてしまった為に激しく動揺してしまったアラシ。だが、生後半年になる前から『鷹匠』の相棒として鍛えられ、成鳥になると様々な場所を飛び回り『仕事』を行ってきたのだ。動揺しつつも思考をすぐに切り替えると、脱出する事を最優先に考えるようになる。だが、思考を切り替える事が出来てもアラシをこの異空間に誘い込んだ者は、彼を簡単に脱出させるつもりはないのだろう。それを表すように異空間に出入り口となるような穴は一向に発生しなかった。アラシを留まらせ続ける事だけを考えているように…。

そんな状況に動揺し続けるアラシだったが、その心境は更に強まる事になる。複数の存在が混じり合った気配を漂わせるものが、自分に接近してくるのを感じ取ったからだ。それも向かってくる勢いは自分の飛行速度と大差がなかったからか。アラシ自身も自覚していなかったが『恐怖』という感情が芽生えていたらしい。彼の考えとは真逆で翼は動き続けても何故か移動する事が出来ない。迫ってくる相手と少しでも距離を取るべく、反対方向へと飛び去らなければならないというのに…。

（…っ!?　何で…逃げられないんだよ!?　動けよ！　じゃないと…逃げられないだろ…。）

自分の意志とは異なり、やはり一向に飛び去る事が出来なかったからだろう。自分に対し声を荒げ続けるアラシ。それでも異空間から逃げ出す事はおろか、飛び去る事も出来ないままだったからか。相手は距離を一気に詰めたのだった。

そうしてアラシの前に『その者』は姿を現したのだ。彼が感知した気配が正しい事を示すような存在…様々な動物の体の特徴が集まった容姿をした者が…。

『…っ!?　お前は一体…。』

『…あぁ、やっぱり『仕事』で色んな動物を見ていても私のこの姿は初めて見るようね？　まぁ、仕方ないわ。私は多くの動物達から生まれたような存在だから。』

『…？　どういう、事だ…？』

『そうね…。じゃあ、この場所についての説明からしてあげるわ。まだ少し時間があるから。』

未知の姿をした者に動揺するアラシ。だが、アラシの反応は他の動物達が見せるものと大差がなかったのだろう。元凶でもある相手は彼の反応が予想通りで、それにより慣れてしまってもいるからか。動揺する彼とは真逆の反応を見せる。そして未だ動揺しながらも問いかけてくるアラシに向かって話し始めた。

それから少し経過して。未知の姿をした存在…自らを『門番』と名乗った者から話を聞かされ続けたからだろう。アラシは相手の事だけでなく、この場所…『ゲート』についても少しではあるが理解する事が出来た。だが…。

『お前がどういうヤツで、この場所がどういう所なのかは分かった。けど…それが何だって言うんだ？　何で連れてきた？　俺と関係があるのか？』

『…。』

『俺の考えとかを読めるんだろう？　だったら分かるはずだ。俺はこの場所に長くいたくないんだ。『仕事』が果たされていないからな。だから早く俺を出してくれ。頼む。』

『門番』から話を聞かされ、『ゲート』の事を理解した上で呟くアラシ。その表情は言葉通り『門番』が自分を導いた意味。更には今も『ゲート』に留まらせている理由も分からなかったからだろう。戸惑いを含ませた声を漏らす。だが、その瞳は猛禽類特有の鋭さで『門番』を睨んでいる。自分の望みを叶える為に必死だったのだから…。

一方の『門番』は自分の『ゲート』からの解放を頼み込んでくるアラシを見つめる。だが、彼の望みを叶えるつもりはないらしい。そればかりか人間嫌いな『門番』にとってはその存在を大切にも思っているような彼を理解する事は出来ないのだろう。何の感情も湧かない事を表すように、彼を見つめる様子は何を考えているのか分からない。不明な表情になっている。だが、自身の考えや感情の全てを口にする気はなくても、アラシの言葉に答えるつもりではあるのか。少しの間の後、『門番』は話し始めた。

『確かにここ…『ゲート』に辿り着いた動物達の大半は自分の意志で来ているわ。『大切な者の所へ行きたい。』とか『自分の理想を叶える場所へ辿り着きたい。』とかね。そしてあなたが他の動物達と違って『『ゲート』を利用したい！』という想いを持っていないという事も分かっているわ。』

『なら…何で俺を…？』

『あなたが『ゲート』に辿り着く前にいた世界…現実世界って言われる事が多いのだけれど…。その現実世界に住む動物達が言ってたの。『一羽の『鷹のような存在』にずっと狙われている。襲われて亡くなった仲間もいる。何とか出来ないか。』ってね。あなた人間との『仕事』の対象以外の動物達もずっと襲っていたでしょう？　それも自分の食事に必要な量以上の数をね。』

『…っ！　それは…。』

『だから『ゲート』に連れてこさせたの。…どう？　ここに辿り着いた理由が少しは分かったかしら？』

『あっ、ああ…。一応は…。』

『門番』の話がアラシはずっと分からなかった。だが、アラシのその様子に『門番』は当然気付いていたらしい。現に『門番』は言い聞かせるように言葉を続けていき、おかげでアラシは自分がこの場所…『ゲート』に辿り着いた理由を理解する事が出来た。だが、何となくでも理解していった事でアラシの戸惑いは強まるばかりだ。少しでも早く『仕事』を成功させる為の訓練と本能に駆られ、自分の食料以外にも狩猟を行っていたのがばれてしまった事。自分の意志とは関係なく『ゲート』に連れて来させられてしまうぐらいに、他の動物達から責められている事に気付かされてしまったからだ。それにより動揺するアラシだったが、彼が弁解する様子はない。『門番』からの話が事実であった事。何より『門番』が告げた行為等に後悔していなかったのだ。だが、後悔はしていなくても続きの言葉が上手く出てこなかったのだろう。その証拠にアラシは『ゲート』に連れて来させられた理由が理解出来た事は示せても、後は黙り込んでしまうのだった。

そんな状態になってしまうアラシだったが、『門番』が止まる事はない。むしろ『門番』自身も自分の存在理由から、役割を果たす事に強い決意を持っているからか。アラシが未だ動揺している事に気が付いていながらも、こんな言葉を口にした。

『…まぁ、あなたは猛禽類で動物を狩る事で生きていく存在。だから他の動物達が責めていても別に私はどうでも良いと思っているのよ。動物の事は理解しているつもりだから。』

『…。』

『けど、あなたの行為は『やり過ぎ』とも感じる部分があってね。私も何とかしたいと思っているの。…というわけで、行きましょうか？』

『…？　行くって…何処に…？』

『門番』の話でこの場所…『ゲート』について理解したアラシ。そればかりか自分が『ゲート』に連れて来させられた理由…狩りを行い過ぎて皆が責めている事にも気付かされたからだろう。アラシは沈んでしまう。だが、その存在から今のアラシの心境に気が付いているはずの『門番』が言葉を続けてきたのだ。当然思考が追い付かなかったアラシからは間の抜けた声が漏れてしまう。それでも『門番』が気にする様子はない。むしろ戸惑い続けた様子のアラシの言葉に答えるように続けた。

『あなたが今回この『ゲート』に辿り着いてしまった理由は他の動物達からの苦情のようなものが原因です。そして他の動物達から出た苦情は、あなたが狩りを行い過ぎた事が原因だった。あなたが『仕事』を終える事ばかり考え、少しでも早く終える為の技術を上げるべく狩りをし続けていた事がね。そうでしょう？』

『あっ、ああ…。そうだ。』

『なら解決方法は簡単。その『仕事』を終える為にあなたが探していた標的の動物『巨大イノシシ』の所へ導いてあげる。私にはその力があるし、そうすればあなたは『仕事』だけでなく狩りも終えられるでしょう？　…どうかしら？』

『…っ。そりゃ…出来ればそうするのが良いが…。けど…本当にアイツの所へ辿り着く事が出来るのか!?　ずっと探し続けても俺は見つける事が出来なかったんだぞ!?　死んだって話をしたヤツもいたんだ！　なのに…！』

『大丈夫。私に任せなさい。この『門番』にね。』

『…っ!?』

状況の変化に戸惑い動揺し続けていたアラシに対し『門番』は答える。だが、『門番』の強大な力を自身で体験しても、続けた言葉の内容が本当に実現出来るのか半信半疑だったからだろう。アラシは固まる事しか出来ない。それでも『門番』は止まらず、またアラシも動揺しながらも現状を少しでも動かす事を望んではいたのか。結局、自分の望みを叶えてくれるような事を口にし、力を更に解放しようとする『門番』をアラシは見守るのだった。

一方その頃。アラシが導かれるように辿り着いた『ゲート』とは少し違う場所に、『それ』は存在していた。彼が相棒の『鷹匠』の少女と行っていた『仕事』の標的であった巨大イノシシだ。その巨大イノシシはアラシが相棒が亡くなった事に気が付かないぐらい『仕事』に集中していても、見た目の恐ろしさから長い時間を過ごす事が出来ていたのだろう。現に年月の長さを示すように体毛は輝きを失っていたが、漂う雰囲気と立ち続ける足には力強さを感じさせている。そして巨大イノシシが持つその力強さは、他の動物達にとって恐ろしさ以上に憧れの感情も芽生えるものだったらしい。現に動物達は巨大イノシシに会うと遠巻きではあったが、憧れを含ませた眼差しで見つめてくれていた。

だが、その出来事も既に過去のものになっていた。時期はよく覚えていないが、自分の周りに動物達の姿がなくなった事に巨大イノシシは気付く。更になくなったのは姿だけでなく、その動物達の気配もであったからだろう。巨大イノシシは静まり返った空間で過ごすようになっていた。どれだけの時が経過していたのか分からなくなるほどの寂しさも感じられる空間で…。

そんな空間に留まっていた巨大イノシシの下に、『門番』の能力のおかげでアラシは遂に辿り着いたのだ。すると巨大イノシシの事を初めて見たはずだったが、『鷹匠』の少女と共に聞いた通りの容姿をしていた事。何より彼から放たれる気が、体の大きさに比例するように巨大で強かったのだ。アラシは『鷹匠』の鷹として、猛禽類としての本能が一気に芽生えていく。そして芽生えた本能はすぐに強い戦意に変化。それに突き動かされるようにアラシは巨大イノシシに向かっていったのだった。

ようやく『仕事』の対象で標的でもある相手と対峙する事が出来たアラシ。早速、持ち前の飛行技術を見せつけるように、巨大イノシシの周囲を鮮やかに飛び回る。すると久し振りに自分以外の動物と出会えた事。それも相手は一羽であっても直感で『普通の鷹とは違う存在』だと分かったからか、眠っていた『主』としての本能が刺激された巨大イノシシの気分は高場、『仕事』で自分に襲いかかってくるアラシに答えるように身構えた。

こうして巨大イノシシへの狩りは始まった。だが、アラシの中に宿っていたはずの強い決意は徐々に薄らいでしまう事になる。標的の巨大イノシシを一向に狩り終える…つまりは『仕事』を終了する事が出来なかったからだ。むしろ相手の様子から標的に傷一つ付けられていないと分かってしまったのだろう。時間の経過と共にアラシの中で激しいものが渦巻いていく。いつまでも『仕事』を終えられない、自分に対する『苛立ち』という激しいものが…。

（…っ！　何で…何で…出来ないんだよ!?）

直前まで様々な動物を相手に狩りを行い、飛行技術等を上げていったアラシ。その勢いは他の動物達が自分の事を嫌がり、それを聞いた『門番』によってこの場所に飛ばされるほど。要は日々鍛えていた事で自分の狩猟技術が向上していると思い、それにより『標的に接触出来れば確実に狩りが成功する。』という自信を持っていたのだ。だからこそ今の状況…一向に巨大イノシシを狩れない事をアラシは受け入れられない。むしろ傷一つ負わせられない事に苛立ちは膨らむばかりで、その感情が渦巻き続けた影響なのか。向上していたはずの飛行力は心なしか低下してしまい、標的の頭上を飛び回るだけになっていた。

だが、その状況も好転する事になる。感情の乱れで何も考えられなくなった為に、一向に巨大イノシシを狩れなかったアラシを何処からか見ていたのだろう。その声が突然聞こえてきたのだ。アラシにとって懐かしさを感じさせる声が…。

『…ラ…シ…。』

（…っ。この声は…！）

『…目…。焦っちゃ…駄目だよ、アラシ…。狩りの時には…落ち着かないと…。いつも言っているでしょう?』

『あっ、ああ…。そう、だったな！』

最初微かで姿も見えなかったが、少し時間が経過すれば聞こえてきたのは確かに自分の相棒で『鷹匠』の少女だったのだ。理解したアラシは思わず息を呑む。だが、それも一瞬の事。相棒が続けた言葉が『仕事』に対する姿勢。更には以前のような狩りに対する助言も含まれていたからだろう。アラシの士気は再び高まっていく。そして相棒の『鷹匠』の娘が『ある事』も指示してきたらしい。現に彼は直前までとは明らかに違った様子で飛び回り始める。明確な意図を持った動きで…。

一方の巨大イノシシは『普通の鷹とは違う存在』であっても、久し振りに自分以外の動物が現れた事。それればかりか相手は自分の周囲を素早く飛び回りながらも一向に離れなかったのだ。しばらくの間一匹で過ごしていた巨大イノシシにとっては、未知の相手でも誰かが傍にいてくれる事で少し寂しくなくなった事に気付いたらしい。現に飛び回るアラシを最初は戸惑いながらも相手をする事を選ぶ。踊るような動きで楽しそうにしながら…。

だが、そんな時間も長くは続かなかった。自分の前に突然現れた『普通の鷹とは違う存在』…アラシの動きが変わったのだ。それも変化した動きは何かを考えているようなもので、殺気も直前より確実に強まっているのを感じたのだろう。『普通の鷹とは違う存在』であっても自分よりも小さい相手だったというのに、巨大イノシシは何故か恐怖心が自分の中で芽生えていくのを自覚する。そして芽生えた恐怖心は、久し振りに他の動物に会えた喜びよりも一気に強くなってしまったようだ。現に巨大イノシシは一気に強まった恐怖心と共に大きくなった警戒心を表すように、体を強張らせながらアラシと距離を置き始める。『普通の鷹とは違う存在』からの攻撃を避ける為に…。

こうしてアラシを油断ならない存在である事を改めて認識した巨大イノシシ。すると認識出来た事で本能がよみがえった彼は、相手が自分より小さくても狩られたくないと思ったのだろう。その見た目に反して素早く駆け出す。随分前から自分が今いる場所が箱のように限りがある空間だと分かっていてもだ。その動きは自分が子供だった頃、熊に追われ逃げていた時のように必死さを感じさせるほどだ。だが、いくら自分が持つ力を発揮するように力強く駆け抜けても、追いかけてくる者は自由に飛び回れる事。何より巨大イノシシが今いるのは限りがある空間なのだ。当然、壁のようなものに当たった事もあり、巨大イノシシは逃げられなくなり追い込まれてしまう。そして自分のその状況に追いかけてくる者…アラシは当然気が付いたのだろう。そればかりか巨大イノシシの様子から現状が自分の『仕事』を終えられる好機だと感じたらしい。全ての想いをぶつけるように勢いよく巨大イノシシに突撃。自分の相棒である『鷹匠』の少女から先ほど指示されたように、巨大イノシシの目に自分の足に付いた鋭い爪で一撃を与えるのだった。

すると不思議な事が起きた。アラシからの一撃により強い痛みを感じたらしく雄叫びを上げた巨大イノシシが消えてしまったのだ。しかも消え方は強い光を放った後、体中から光の玉を放出しながらという異様な様子で…。

『…っ!? これは一体…!? 何が起きてる!?』

『仕事』だけでなく訓練でも様々な動物を狩り、その最期も相棒の『鷹匠』の少女と見届けた事があるアラシ。そんな彼ですら初めて見る光景だったからだろう。当然、声を漏らすほどに激しく動揺してしまう。だが、動揺し続けている間にも巨大イノシシの変化は止まらない。むしろ放出される光の玉は増え続け空へと向かっていく。そして最終的にアラシの前から完全に姿が消えてしまうのだった。


更に不思議な出来事が起きたのは巨大イノシシだけではない。巨大イノシシへの狩り…『仕事』が成功した直後に、アラシの体が透き通り始めたのだ。それだけでなくアラシの耳に再び聞こえたのだ。自分の相棒である『鷹匠』の少女の声が…。

「おいでアラシ。こっちに…戻ってきて。」

『…っ。あっ、ああ…。もちろんだ!』

自分を呼び寄せる彼女の声に従うように飛んでいくアラシ。その様子は『仕事』がようやく終わり、同時に夢が叶ったからだろう。嬉しそうに羽ばたく。そして以前のように相棒の腕に止まると、その体は彼女と共に消えていった。長い時間を費やしてしまった『仕事』をようやく終えた達成感により、心なしか満足げな様子を浮かべながら…。

そうして『仕事』をようやく終える事が出来たアラシが、相棒の『鷹匠』の少女と共に天へ昇っていった頃。それを別の空間の窓のようなものから見つめる者がいた。アラシの『仕事』を終えさせる為に手を貸した『門番』だ。その表情は分かり難いが、胸の中には確かに達成感が芽生えていたのだろう。現に『門番』は安堵したように息を漏らしながら、こんな言葉を呟いた。

『ふう…。二匹の動物を満足させて送るのは、やっぱり色々と大変だった。けど、一応は上手くいったんだから良いわよね？』

ここ…『ゲート』と呼んでいるこの場所は基本的に自分しかいない空間。つまり『門番』の呟きに答える者どころか聞いてくれる者もいない状況だ。それでも『門番』は呟かずにはいられなかった。現状に至るまで『門番』は『門番』らしく自分の能力を使って動いていたのだから…。

事の始まりは今よりも前…現実世界では十年以上も前の話だ。当時の現実世界は水害や地震を中心とした災害等が続けて発生。その影響で動物達だけでなく人間も日々苦しみ、数も減らしていった。だが、人間という存在は良くも悪くも知恵が働く生き物だ。災害に遭っても生き残った者達が中心となって日々活動。思考を働かせつつ自分達以外の動物の住処に手を出すという、暴力としか感じさせないものを振るったりするようになる。それにより減った命の数は圧倒的に動物側の方が多くなってしまった。

その減った命の数の中にアラシの最期の『仕事』の標的だった巨大イノシシも含まれていた。特に彼はその体の大きさに比例するように、強い生命力も持っていたらしい。歳を取った事で途中から住処だった土地の主ではなくなったが、その後も長い年月を生き続ける事が出来たほどだ。だが、生き続けた事で巨大イノシシは幾多の悲劇を目の当たりにし、その分悲しみも経験する事にもなった。人間達によって自分の仲間…多くの動物達の命が散るという悲しみを…。

するとと動物達の命が次々と散っていく悲しみを生きた時間分経験したからだろう。巨大イノシシの思考等は徐々に崩壊。どれほどの時が流れ、今の季節が何であるかも分からなくなってしまったのだ。それは若い頃のように人里へ降りられなくなってから更に悪化。遂には『自分が今、生きているか？』という事も分からなくなっていったのだった。

そんな状態になって、どれほどの時が経過しただろうか。かつて巨大イノシシが主として存在していた地に、いつの間にか彼の姿は消えてしまっていた。だが、自分の生死すら分からなくなっていた巨大イノシシは、肉体を失っても魂のようなものだけは残っていたらしい。現にその地には時々、『巨大な何か』が通り過ぎるようになる。それだけでなく巨大イノシシが存在していた地の近くでは、素早く動く『鳥の形をした影』が目撃されるようになった事。その『鳥の形をした影』に襲われそうになった動物もいたからだろう。渦中や周辺の地に住む動物達は段々と恐怖を抱くようになる。だが、良い対応策が思い付く動物が誰もいなかったのだろう。それを表すように『巨大な何か』や『鳥の形をした影』に恐怖を心に残したまま、渦中や周辺の地の動物達は次々と亡くなっていった。

だが、その状況もようやく終わりを迎える事になる。渦中の地に一羽の鳥が迷い込んでしまったのだが、その鳥が渡り鳥であり様々な情報を持っていた事。所有する情報の中に『ゲート』に関するものも含まれていたからだろう。渡り鳥は未だ怯えていた動物達に対し、『ゲート』の話をして更にこんな事も告げた。

『死ぬ時に『ゲート』へ向かい、そこにいるであろう相手にこの場所の現状についての話をしてみようと思います。そして解決して貰えるように話をしてみます。』

『そんな事が出来るのか？　さっきの話を聞いたところ伝説のような存在なのだろう？辿り着くどころか見つけるのも難しいのでは？『ゲート』というものって…。』

『ええ、そうですね。かつて一緒にいた渡りの仲間達の間でも、『ゲート』に辿り着けた者はいなかったと思います。『おとぎ話』として広まっても体験談は聞いた事がありませんから。けど…その『おとぎ話』の中で、『生死の境をさまよった時が一番『ゲート』を見つけ易くて入る事が出来る。』とも聞いたんです。だから死ぬ時に『ゲート』の事を強く念じようかと思います。どうせこの状態の私は長く生きられないし…。他に方法もありませんしね。』

『…。』

『ゲート』に関して自分が知っている事を渡り鳥は語り続ける。それだけでなく『ゲート』を利用するつもりである事も口にしたからか。渡り鳥の話を聞いていた他の動物は戸惑ってしまう。だが、それに気が付きながらも渡り鳥は言葉を実行する事を諦めようとは思わなかった。自分の話を戸惑いながらも聞いてくれた動物達は、渡りに失敗し本来の仲間達とははぐれてしまった自分を受け入れてくれたのだから…。

その出来事から更に時は過ぎて。渡り鳥に最期の時が訪れようとしていた。彼自身の言葉が正しかった事を証明するように、『あの時』から大して日が経過していないというのにだ。それはこの場所に辿り着く発端となった出来事…渡りに失敗した上に、その時に翼が折れてしまった事が原因だろう。実際、翼の骨折は日が経過した事で治ったが、形は歪になってしまい飛び続ける事も困難になってしまっていた。すると自由に飛び回れなくなった事で他の鳥達よりも草木に接触してしまうからか。小さいとはいえ体中に傷を負い、それにより体力も激しく消耗していく。そして最終的には本来の寿命の半分ほどの時間で、その渡り鳥の命は消えそうになっていた。

だが、他の動物達の立場から考えても『寂しい』と思われる生き方でも、渡り鳥にとっては意外と満足する一生だったらしい。共に生まれ育った仲間達とはぐれ子孫を残す事も出来なかったというのにだ。迷い込んだ自分を受け入れてくれただけでなく、命が尽きようとしているのを悲しみながら見守ってくれた。何より自身の死自体が、自分をずっと見守ってくれた動物達の役に立ちそうなのだから…。

(だから…辛くない。辛くは…ないさ…。これで『ゲート』に…辿り着けるかもしれないんだから…。)

命の灯が消えそうになった事で、既に渡り鳥の体は動かなくなっている。それでも僅かに残った思考で『ゲート』の事を考え続ける。『ゲート』へ辿り着く事を懇願するように…。

その渡り鳥の想いが『ゲート』への道へ変化する力になったのだろう。現に痛みや重さを感じていたはずの体が、妙に軽くなった事に渡り鳥は気付く。そして楽になったのと同時に自分が今いる場所が、目を閉じていても分かるぐらいの光に包まれている所に変わっていた事にも気が付いたらしい。渡り鳥の意識は一気に覚醒し、勢いよく目も開ける。それだけでなく何かが自分を誘っているのも察知したからか、従うように進み始めた。

そうして誘われるがまま光の空間を進んでいった渡り鳥の前に『その者』は現れたのだ。複数の動物の部位が集まったような容姿をした『不思議な存在』がだ。その姿は元渡り鳥であり色々な動物と接触した事がある彼ですら、初めて見たものだったからだろう。本能が芽生えてしまった事で、思わず体を強張らせてしまう。だが、『不思議な存在』が自分の正体…『門番』だと自ら口にした事。更にこの場所も『ゲート』である事を告げたからか。渡り鳥は目的地に何とか辿り着けた事を確信し、同時に深く安堵するのだった。

そんな渡り鳥であったが、自分の事を見つめてくる『門番』の様子に我に返ったのか。ただ単に『門番』だと判明しても、『不思議な存在』としか思えない容姿をした相手に見つめられている事に堪えられなかったのか。動揺は残っていたが、渡り鳥は改めて『ゲート』に来た理由を告げる。すると『門番』はその立場から何となく渡り鳥が少し前までいた場所の異変に気が付いていたらしい。現にこんな事を告げた。

『…ああ、あなたがいた場所や周辺に二つの影が現われている事には気が付いていたわ。

実際にここから見たりもしたしね。けど…知っていたからこそ見るだけにしたの。現れるものの一つは『主だったもの』で、もう一つは『主を狩ろうとするもの』だって分かっていたし。何より二つの影がいるのは『ゲート』と異なる世界…『現実世界』と呼ばれる場所で人間が征服している場所なの。だから関わりたくなかった。人間は命を選別し、簡単に潰すような存在だから…。』

『『門番』さん…。』

『あなたも聞いた事はあるでしょう？　人間の事を、愚かな事ばかりする存在の事を…。』

『…っ。それは…。』

自分が『ゲート』に来た理由を告げ、相手の『門番』は既に状況を把握していた事を知ったからだろう。渡り鳥は徐々に安堵し始めていた。だが、それも一瞬の事。行動を起こしてくれなかった理由を『門番』は話し始めてくれたが、その内容が人間に対する強い憤りを含ませたものになってしまったからか。渡り鳥は再び戸惑い始める。そして『門番』の怒りも目の当たりにしたせいだろう。渡り鳥は戸惑いだけでなく恐怖も覚えてしまうのだった。

その後、『門番』が抱く人間に対する怒りの影響か、『ゲート』内の空気は張り詰めたものに包まれていた。それでも人間への怒りを抱いていても『門番』は自分の立場をよく理解はしているらしい。現に自分の前で怯えた様子を見せる渡り鳥の姿に我に返ったのだろう。一つ息を漏らしたかと思うと、相手の渡り鳥に自分の行動を詫びる。それだけでなく渡り鳥に対し、こんな事も告げた。

『あなたの望みを叶えてあげる。怖がらせたお詫びにね。』

『…っ!? 良いんですか? だって『門番』さんって…。』

『ええ。人間は嫌いよ。むしろ消したいぐらい憎いとも思っているわ。けど…私は『門番』で人間以外の動物は好きなの。だから動こうとは思ってね。それに…私が動かないとあなたも本来の場所へ行けなくなってしまう。…そうでしょう?』

『…っ。ありがとう、ございます…!』

直前の怒りが急に弱まった上に、自分が話した事を『叶える』と突然『門番』が告げてきたからか、渡り鳥の動揺は強まるばかりだ。だが、それに対し『門番』は改めて理由等を口にしてくれた事、何より理由の中には心残りがある事で、虹の橋を渡る事が出来ない自分を本当に気遣ってくれていると悟ったからだろう、渡り鳥はお礼を口にする。そして『門番』が自分の望みを叶えてくれると知った事で、渡り鳥は満たされたらしい。それを表すように『ゲート』に新たな光の穴が生まれ、渡り鳥は何かに誘われるように穴へと入っていく。橋のような形状をした虹が見える穴に『門番』に見送られながら…。

そんな渡り鳥とのやり取りを思い返す『門番』。すると必然的に渡り鳥を見送った後の出来事…元・巨大イノシシだった影や、かつて『鷹匠』の相棒だったアラシを引き合わせる為に奮闘していた時の事も思い出したのだろう。二つの影の内面を満たす事が想像以上に大変だった事も思い出した為に、『門番』は疲れた様子を見せる。だが、何とか二つの影の内面を満たす事にも成功したからか。すぐに『門番』の様子は穏やかなものに変わる。そして自分が立てた作戦が成功した達成感か。思わず『門番』は呟き始めた。

『…あの渡り鳥や彼が直前まで留まっていた地で動き回っていた二つの影は求めていた。イノシシだった影は『自分を見てくれる存在』、アラシという鷹だった影は『最後の仕事の標的だった存在』をね。それは自分の死に気が付かないほどだった。だから私は会わせてあげた。彼らに自分の死を理解して貰わないと駄目だから。それが『門番』の役目だから…。』

思わず呟く『門番』だったが、一つの行為で二つの迷う影を黄泉へと送ったからか。成功したとはいえ作戦を練り上げ、更に彼らお互いを遭遇させる為には『門番』としての力をかなり消耗してしまったからだろう。呟くその姿には声と同様に疲労の力が混ざっていた。だが、この場所…『ゲート』は基本的に『門番』しかいない空間だ。それにより強大な力を持つ上に特異な存在であるが為に、疲労が溜まってしまう『門番』の様子に気付く者はいないのだった――。

楽園〜リョク〜

『俺達は探し続けているんだ。自分達が本来生まれるはずだった場所を。だってその場所だったら俺達にとっては『楽園』だと思うから――。』

この世界には人間以外に多くの動物が存在している。水中や地上…その住処は動物達によって様々だ。そして生息する土地は同じでも生きられる場所は動物によって明確に分けられているからか。生き抜く為に互いに襲い食べ合ったりする事はあっても、それは一時の出来事だ。現に弱肉強食の非情にも感じられる世界であっても、その均衡は長く保たれていた。少なくても一定の数は次の世代に命を繋ぐ事が出来ていたのだから…。

だが、その均衡は崩される事になる。違う場所で誕生し一生を終えるはずの動物が、本来いないはずの地に現われるようになったのだ。発端は人間の都合で持ち込まれた事が原因で、現れた動物は最初こそ一箇所に一種類程度だった。だが、時の流れと共に人間の考えや生活状況が変化し、それに比例するように種類も場所も徐々に増加。気が付けばその場所に本来いないはずの動物は、二桁近くの種類も確認されるようになった所もあると発覚。そこまできて人間達はようやく自分達の行動の恐ろしさに気が付いたらしい。その地に本来いないはずの動物達の事を『外来種』と呼び、自分達の罪滅ぼしをするように駆除作業等を行い始めたのだった。

だが、人間は彼らの本当の恐ろしさを知らなかった。自分達が持ち込んだ頭数の数十倍以上に大繁殖していた事が発覚したのだ。更にはその地に本来いるはずの存在…『在来種』の住処を荒らすだけでなく、彼らを捕食する動物達も次々と出現。自分達が繁殖する為の栄養源にもしてしまった。それは『外来種』の立場からすれば生殖本能であるのだが、『慣れない地でも多くの子孫を残したい。』という考えが強過ぎたのだろう。持ち込んだ元凶である人間達ですら激しく動揺してしまう。そして人間達の動揺が少し落ち着いた頃には『外来種』の頭数が『在来種』を越えている場所が多数存在している事が発覚。まさに『後の祭り』という状況に陥っていた。

そんな『外来種』の大半が、人間の都合で住処を変えられてしまった被害者とも呼べる存在だ。その想いは遺伝子の中にも刻み込まれているのだろう。現に『本来の住処』とは違う場所で繁殖する事は出来ていても、思考の奥底では居場所を探していた。自分達が次の世代へ命を繋ぐべき正しい居場所をだ。そして『本来の住処』を探し求める想いは数代ごとに爆発。それを宿した者を中心に動物達は『本来の住処』へ辿り着くべく、密かに大移動を行おうとしたりもしていた。だが、その動物達の大半は移動中に自分達の天敵に当たる動物達に襲われて次々と死亡。生き残った動物達も『本来の住処』に似たような気候や空気の流れる場所に辿り着きはしたものの、正しい所に辿り着けた者はいないのだった。

その出来事は何度か繰り返され、それと同じぐらい長い時が流れた後。ある地に一匹の動物がいた。緑色の体をした者…仲間から『リョク』と呼ばれた雄のトカゲだ。彼は卵からふ化して約一年しか経過していない、まだ幼さも残す若いトカゲでもあった。現に彼の体を覆う皮膚には爬虫類特有の弾力や張りがあり、自分達にとっての食料である昆虫も素早く獲る事が出来る。何より強い運を持っていると感じさせるトカゲだった。現に彼は他の兄弟のトカゲ達は卵の時やふ化して間もない頃に大半が食べられたりしても、上手く逃げ切る事が出来たり、天敵と遭遇する事なく生き残ったのだ。それは偶然が重なったとはいえ、まるで『幸運な存在』にも感じさせるものだったからだろう。『彼の強運や幸運にあやかりたい。』と考える仲間は多いらしく、まだ若くてもリョクの周りには同じトカゲ達が集まっていた。群れが形成されるほどに沢山のトカゲが…。

そんな周囲の様子に気が付いていたのか。リョクは自身の事を『特別な存在』だと思うようになってしまう。更にリョクは卵からふ化し自我が芽生えるようになってすぐ、『ある感覚』が自分の中に存在しているのも気が付いていたらしい。それに突き動かされるように思考を巡らせるようにもなっていた。

リョクの中に存在する『ある感覚』とは『自分の事を知りたい。』という内容。つまり強い探究心の塊のようなものだった。それは自我が芽生えた頃から『自分の居場所はここではない。』、『俺達の本当の居場所…『楽園』は別の場所にあるはずだ。』という事から始まったもの。はっきり言って何の確証もない事だ。だが、自分を『特別な存在』と思っているリョクは止まろうとはしない。むしろ不確かなものでも、彼は芽生えた感覚のままに動く事を選んだらしい。現に自分達の本来の場所を突き止めるべく、リョクは自分達と似た空気を漂わせていた動物達と接触。情報収集等を行っていた。

そうしてリョクが自分の『本来の居場所』を見つけるべく活動したり、他の動物達も命の営みを続けていた頃。別の空間…『ゲート』に一つの存在があった。この空間に留まり過ごしている『門番』だ。その存在は容姿で表したように様々な動物達の言葉等を理解し、相手の考え等も読む事が出来る。また『ゲート』自体が動物達の想いに答え生きている者だけでなく、既に亡くなっている者でも望む場所へと導く力を持つ空間だからだろう。その力を発動させ続ける事で、『門番』という呼び名に相応しい働きで動物達を行くべき場所へと導いていた。それは動物達が自分の原子のような存在であるからか。親のような存在でもある彼らの為に『ゲート』に留まり力を使う事は、『門番』にとって決して苦痛な事ではなかった。

だが、それも過去の感情になろうとしていた。月日が流れていくのと同時に環境等が変わっていったからか。『ゲート』に辿り着く資格を持つ動物達の数が増加したのだ。それも資格を持つ動物達は今の住処から移動した方が良い者や、自分の命が既に尽きている事に気が付かない者。つまりは切迫した状況に陥った者達ばかりだったからだろう。その様子を自分の立場から、『門番』は見て見ぬふりをする事が出来なかった。むしろ『ゲート』を使わせるべき動物達の数が増えても、『門番』はその活動を継続。力を使う頻度は増えても切迫した現状に陥った動物達を見つけては、毎回『ゲート』への道を出現させる。そして彼らと直に接触すると、抱いている想い等を成就させる為の道へ導いていった。

だが、いくら『門番』という存在であっても、『ゲート』を現実世界へと出現させる事は相当な力を消費するようだ。現に『門番』は一匹ずつ『ゲート』に招いて接触。望みを叶えられるであろう場所へと導き続けていた。だが、『ゲート』を使う資格を持つ動物達の数は増える一方だからだろう。『門番』としての役目や行う事が変わらなかった為に、いつの間にか『ゲート』を開き続ける事になってしまった。それは同時に休めない状況にもなり、『門番』は力も精神も追い込まれていく。その結果、疲労が溜まった『門番』は度々、『ゲート』を閉じる事を忘れてしまうのだった。

そんな状況が続いていた最中だった。リョクと一緒になって自分達の本来の住処…『楽園』となるであろう場所を探していたトカゲの一匹が入り込んでしまったのは。それも気付いた『門番』は迷い込んだトカゲと直接対面し新たな世界へと導いたが、自身の疲労が全く解消されていなかったからだろう。迷い込んだトカゲの想いや考えをよく察知せず、適当に違う世界へと案内してしまった。そのせいで一匹のトカゲは自分達の考える『楽園』とは全く違う場所…波の中に立つ岩としか思えないほど小さな島に辿り着いてしまったのだ。

しかも原因である『門番』は蓄積された疲労が未だ溜まり続けたままで、それを少しでも解消する為に休む事を優先したからだろう。その事故が発生した事にも当然気が付いてはいたが、『ゲート』の力は常に解放した状態にし続けていた。それにより自分達が想像していた『楽園』とは全く違う場所にトカゲ達は次々と辿り着いてしまう。だが、『ゲート』は『門番』以外は基本的に一度しか使えず、能力も一方通行の効果しかない。その結果、トカゲ達を中心に自分が望む場所へと辿り着けず、路頭に迷う動物達が増えていった。

一方その頃。トカゲのリョクは内心焦り始めていた。自分達の本来の住処…『楽園』となるであろう場所に未だ辿り着けていないからだ。むしろ大体の位置ですら予想が出来なかった為に、情報を少しでも集めようと他のトカゲ達は動き続けていた。だが、何も掴めていない者達の動きは、必然的に闇雲になってしまうものだ。現に彼らは自分達の今の住処から出ていく際に『一時的』と告げていたが、一向に戻ってくる様子はない。自分達以外の存在…それも『人間』に捕まったという話が生まれるぐらい、彼らからの音沙汰が消えてしまった。だが、音沙汰が全く消えてしまった事でリョクは知らなかった。自分達の『楽園』へ辿り着ける可能性が高いもの…『ゲート』と『門番』の力に、仲間のトカゲ達は既に触れていた事。その力のせいで彼らは次々と『楽園』とは感じられない場所に飛ばされてしまった事に…。

そうして『楽園』を見つける前に、リョクの周りから仲間のトカゲ達は消えていった。だが、それに気付きながらもリョクは捜索等を行おうとはしなかった。『『楽園』を見つけようとしている群れ』の頭として一応動いていた際に、自分とよく似た雌のトカゲと遭遇。本能が働いた事で無意識の内に彼女へ求愛し、自分の卵も産ませたのだ。だが、リョクは運気だけでなく思考も特異なトカゲだったからか、本来の雄のトカゲではあまり行わない事…卵が他の動物達に取られないように見張る等の世話をしていた。更には卵から赤ちゃんトカゲが孵ると、その子達を近くに置きながら狩りを実行。自分達が食べる昆虫等の捕らえ方も教えたりもしたのだ。それらの日々はリョクが想像していた以上に忙しかったが、子供達が育っていくのを見る事が出来たからか。彼にとっては充実した時間であった。

だが、リョクは子育てで多くの時間を費やし過ぎたようだ。現に子供が自分達だけで生きられるぐらいまで大きくなった頃には、彼の周囲にいたのは自分の血を引いたり途中から群れに入った者。つまり『楽園』の事も知らないぐらいの、若いトカゲ達しかいないような状況になってしまったのだ。それはリョクにとって自分の望みが叶う可能性が著しく低くなっている事を意味しているのだろう。それに長い間気が付けなかった自分に対する苛立ちや後悔により、リョクの中で荒々しい黒い何かが渦巻くようになる。その感情は無事に育った子供達が巣立ち、自分の家族を持つようになっても存在。更に繁殖期を迎え新たに自分の子を持てる環境になっても、その事を望まなくなるほどに強まっていく。そして自分の新たな子を持つ事を望まなくなった代わりのつもりか。はたまた自分の代わりに『楽園』を探し行方不明になってしまった仲間達へ謝罪もしたくなったのか。既に『若いトカゲ』と表現出来なくなったというのに、リョクは一匹で旅に出たのだった。

更に時が経過して。リョクは『ある場所』に辿り着いていた。辺り一面に砂が広がり、変温動物である自分ですら強い暑さを感じてしまうような場所だ。その暑さは当然他の動物達にとっては不快で、命の危険も感じるほどだったからか。暑さに強い体を持っていたり、砂の中で一日の大半を過ごせるような僅かな植物や動物ぐらいしか生き延びる事は出来ないだろう。現に動物達の気配がほとんどない、寂しい砂漠だった。

それほど過酷な環境が広がる場所であったが、リョクは生き続ける事が出来ていた。むしろ本来ならば辛いと感じているはずの暑さも、気が付くと彼の体にとっては心地良いものになっていたのだ。それは彼の体が元々、暑さに耐性を持つものだったのか。ただ単に年を取った事で感覚が鈍ったからなのか、理由はよく分からない。だが、自分でも予想以上に熱に対して体は辛さを感じていない事。しかし何より自分の体は熱による辛さよりも、妙に重く動かす事自体が苦痛に感じてしまったのだろう。その感覚に従うようにリョクの動きは益々小さく、弱くもなっていく。そして遂には一日の大半を、砂漠のような場所に僅かに生えていた植物達の影に隠れて過ごすようになっていた。

　すると彼のそれらの様子を『ある者』は密かに見ていたらしい。いつものように植物のおかげで出来ていた日陰を拠点にくつろぐリョクの傍らに、宙から突然『光の穴』が出現したのだ。更にその『光の穴』から何かが出ようとしているのを気配で感じ取ったのだろう。リョクは久し振りに警戒心を芽生えさせ、自分に向かってくるであろう者に対し身構えた。

　そんな彼の予想通り『光の穴』から現れたのだ。自身の体の一部に似た部位を持ちながらも、明らかに自分とは異なる存在。むしろ『楽園』を見つけるべく遅れて始めた旅の道中で出会ったどの動物達にも全てが一致しない、初めて見る姿をした者に…。

（なっ…!?　何なんだ、こいつは!?）

　初めて見る姿をした者と対峙した事で、長く生きているはずのリョクですら混乱したのだろう。勢いよく駆け出す。生存本能が一気に爆発したからだ。その勢いは既に『老体』と呼ばれるような体になっているとは思えないほどに素早い動きだ。そして勢いよく駆け出した事でリョクは『謎の存在』の前から立ち去る事にも成功した。

だが、それも一瞬の出来事だった。『光の穴』から出てきた『謎の存在』はその行動や容姿が正しい事を示すように不可思議な者でもあったらしい。現に立ち去る事に成功したはずのリョクに何故かすぐ追い付けてしまう。それだけでなく自分に追い付いた『謎の存在』をよく見れば宙に浮いていたからか。リョクの中に強い警戒心だけでなく恐怖も芽生えてしまったらしい。体を震わせながら、こんな事も口にした。

『ばっ、化け物…。化け物だ！』

『…あのね。確かにあなた達からはそう見えるかもしれないし、似たようなものでもあるけど…。化け物呼ばわりは酷いわよ？　少なくても私は…。』

『止めろ…！　俺は…食われたくないんだ！　皆と離れているし！『楽園』も見つけられていないんだから！』

『いや、だから！　話を聞きなさいよ、リョク！』

『…っ!?　何で俺の名前を…!?　獲物だからか!?　そんなに俺を食いたいのか!?　確かに若い頃は『幸運の持ち主』って言われた事もあったけど！　けど…美味しくはないぞ!?』

『だから！　話を聞きなさいって…言っているでしょう!?』

『っ!?』

子育てが落ち着き『楽園』探しの旅を始めてから、リョクはずっと一匹で過ごしていたからか。芽生えた警戒心は爆発し、声を発し続けてしまう。それも警戒心は相手の言葉も聞き取れなくなるほどに強過ぎるもののようだ。現に『謎の存在』が話しかけてくれているというのに、彼の声は一向に止まる様子はない。むしろリョクの声の具合から切迫度が増していき、比例するように発せられるのも益々大きくなっていった事。それが不快にも感じてしまったのだろう。『謎の存在』も声を荒げ、更には何か行ったのか。リョクは声を発する事だけでなく体も動かせなくなってしまう。命の危機が一気に高まっていったのをリョクは実感した。

だが、彼の前に現われた『謎の存在』は見た目で表したように動物を傷付ける気はないらしい。現に金縛り状態になったリョクを見つめながら、こんな事を口にしたのだから…。

『…悪く思わないでね？　こうでもしないと話を聞いてくれないと思ったの。』

『…。』

『じゃあ、改めて自己紹介と、あなたの所へ来た理由を話すわね。…聞いてくれるかしら？　リョク。』

『…。』

『謎の存在』が施したらしい金縛り状態が続いていた為か。最初、リョクは話しかけられても答える事が出来なかった。それでも『謎の存在』の声は何故か自分にとって好ましいと感じるようなものだと気が付いたからか。リョクは徐々に落ち着きを取り戻していく。そして『謎の存在』の方もリョクが落ち着いた事を察したのだろう。彼の前に猫科の形をした手をかざす事で金縛りを解いたのだった。

そうして金縛りが解かれた事で警戒心が更に薄らいでいったリョク。すると『謎の存在』は直前まで口にしかけていた話を続けた。自分が『門番』と呼ばれる者で『ゲート』という空間を守る存在だという事。その『ゲート』は行きたい場所を持つ動物達を目的地まで連れていくもので、『門番』の自分が導く役目の存在でもある事をだ。それだけでなく『門番』は『ゲート』から見て、更に金縛りを解く際にリョクの想い等を読み取っていたからか。彼が自分達にとっての『楽園』を探している事にも気が付く。そして同時に思い出したのだ。休息を優先させていた間に、リョクに似たトカゲ達が『ゲート』を使っていた事。そのトカゲ達が無意識に『ゲート』を使った際に彼らの記憶の一部が流れ込んできたのだが、その中にリョクの姿が見えた事に…。

『…つまり彼らも探していた。あなたが語って、探してもいた『楽園』というものを。…その命が尽きる瞬間にもね。』

『そんな…。』

『ごめんなさい。私が『ゲート』の管理をちゃんとしていなかったせいよね。もっと早く前みたいに動けば良かった…。ごめんなさい。』

『…っ。』

相手が話してくれたおかげで『謎の存在』が『門番』だと理解し、『ゲート』というものがあるのをリョクは知る事が出来た。だが、その一方で仲間達が離れ離れになっててしまった経緯や、中には亡くなった者がいる事も知ってしまったからだろう。妙な息苦しさを感じ始め、徐々に目の前が暗くなっていくのにもリョクは気付く。すると彼の様子が変わっていったからか。心なしか周囲に重苦しい空気が漂っていくのだった。

だが、その状況もすぐに変わる事になる。心境が沈んでいくリョクに対し、『門番』はこんな事を告げたのだから…。

『でも…まだ良かったわ。あなただけでも『楽園』に辿り着く事が出来たから。』

『…はっ？』

最初は視線を上げる事も出来なかったが、『門番』から予想外の言葉が出ていた事に気が付いたからか。リョクは間の抜けた声を漏らしてしまう。それでも『門番』の話の真意を確かめる意欲の方が強くなっていったらしい。現に彼は一瞬の間の後、『門番』に尋ねた。

『えっと…。どういう、意味ですか？』

『ん？　ああ…。言葉のままの意味よ。あなたは今もずっと自分の本来の住処…『楽園』を探しているみたいだけど、その場所がここなのよ。あなたは気が付いてなかったみたいだけど。』

『…っ!?　そんなの、嘘に…！』

『嘘じゃないわ。現にあなた、ここで上手く生活出来ていたでしょう？　私ですら辛いと感じてしまうほどに暑い環境のこの場所で、あなたは生き続ける事が出来た。暑さと上手く付き合いながら生き続けられる本能が働いた事でね。それが何よりの証拠だと思うけど？』

『…っ。』

『門番』から発せられた言葉をリョクは最初疑っていた。だが、話を聞いている内に『門番』が言っていた事…自分が暑い環境でも妙に適応出来ていた事に改めて気付かされたからか。徐々に納得していく。それでも同時に自分の中で芽生えたのは仲間達に対する強い謝罪の想いや悔しさだったのだろう。自分の中で渦巻く感情を示すように、彼の目線は再び落ちてしまうのだった。


そんな状態のリョクだったが、その心情に気が付いているはずの『門番』は止まろうとしない。むしろ自身の立場や謝罪の想いを、自分なりに改めて形に示したかったのか。沈み続けるリョクに向かって告げた。

『というわけで…ここに連れてきてあげるわ。あなたの元仲間達をね。』

『っ。何で…。』

『さっきも言ったでしょう？　この状況…あなたが『楽園』に辿り着けても一匹のままで過ごす事になったのは私が原因。彼らが『ゲート』に入った時にちゃんと向かい合って導かなかった事…つまり私の管理不足のせいよ。だから責任を取ろうと思ったの。それが…『門番』の役目だから。』

『『門番』さん…。』

『まぁ…時間が大分経っちゃったから既に亡くなっている者も当然いるわ。だから実際にあなたと約束をして『楽園』を探してくれていたトカゲ達だけを連れてくる事は出来ない。だけど約束をしたトカゲ達の子孫は連れてくる事が出来るの。…どうかしら？』

『…っ。出来るんですか？』

『ええ、私ならね。』

『っ。そう、ですか…。なら…お願い、します…。』

心情と共に目線も暗く沈ませていたリョク。だが、『門番』が告げてきた内容が内容だったからか。驚きや戸惑いも湧いていたが、自身の心情が浮上していくのもリョクは自覚する。そして『門番』が告げた事が可能ならば、自分の望みが一気に叶うとも思ったのだろう。告げてきた事が本当に可能なのかを確認すると、頷いてくれた『門番』に頼んだのだった。

それからの『門番』の行動は素早いものだった。再び自分の領域である『ゲート』へ戻り意識を集中させると、そこからリョクの名残りや彼に似た気配がある場所を捜索。すぐに複数の場所から気配を感じ取り出入り口となる『光の穴』も作り出すと、それらの場所へ向かっていったのだ。その行動力は自ら告げた通り、自身が犯してしまった事の責任を取ろうとしているからか。はたまたリョクの命がもう長くない事に気付いてしまったからか。突風のように強くて素早い動きでトカゲ達の所へと向かうと、彼らを次々と回収していったのだ。それは回収されたトカゲ達からすると未知の存在が突風と共に突然現れ、謎の『光の穴』に吸い込まれた事。更には吸い込まれた先では初めて見る姿をした者がいたからだろう。強い恐怖しか感じない状況になり、現に大半のトカゲ達が怯えたように体を震わせていた。だが、連れ去られたトカゲ達の中には、直前まで過ごしていた場所以外の地にも興味がある体も精神も若い個体がいたからか。新天地へ行けると知った若いトカゲ達が盛り上がっていった事で、怯えていた方も自然と気分が浮上していく。そして『門番』が大なり小なりリョクと関わっていた全てのトカゲ達と接触し『ゲート』への集合が完了した頃には、皆リョクがいる場所…『楽園』に行く事を楽しみにしていたのだった。

だが、妙な盛り上がりを見せる『ゲート』の一方で、『楽園』は妙な静寂に包まれていた。年を取ったリョクの命が尽きようとしているらしく、最近の彼は以前よりも頻繁に意識が失われたりしていたからだ。それは『門番』が自分の前に現われ、辿り着いた場所が自分達のようなトカゲにとって本来の住処…『楽園』である事。更には自分と同じ種類でかつての仲間や、その血を受け継いだ他のトカゲ達を連れてくる『約束』をしてくれたというのにだ。再会出来たらすぐ彼らに『ある事』…『楽園』の話をして路頭に迷わせた事に対する謝罪を行わなくてはならないと強く思っているというのに…。

（なのに何で…何で最近、意識が飛びそうになるんだ…？　前まではこんな事…なかったのに…。）

リョク自身は今もあまり自覚はしていなかったが、実際の彼は相当に年老いたトカゲになっていた。『門番』に導かれリョクが今いる場所に来ようとしているトカゲ達の大半が、彼のかつての仲間の子孫となっているのがその証拠だ。更に『門番』がリョクのかつての仲間や血を引く子孫達を導く行動は素早くても、時の流れを止める事は不可能なのだ。現に『門番』がトカゲ達を『ゲート』に一時的に集めている間も時は経過しているからだろう。『時間』という概念がほぼない『ゲート』の中にいるトカゲ達には変化がないものの、リョクの老化は進んでいく一方だ。そして遂には一日の大半を寝て過ごすようになってしまったのだった。

そんな状況が続いていたが、遂にそれも終着を迎える事になる。世界中に散っていたリョクのかつての仲間の子孫達を、ようやく『門番』は全て回収する事が出来たのだ。それだけでなく『門番』は全てのトカゲ達の想いが『楽園』に行く事を望んでくれたのを察知したのだろう。表には出さなかったものの密かに安堵しながら行動を続ける。そして能力を発動するとトカゲ達をリョクがいる場所…『楽園』へ導いていく。彼の命が尽きる前に、少しでも長い時間一匹で過ごしていたリョクに『楽園』らしい賑わいを味わって貰う為に…。

一方のリョクは丁度その時間…深過ぎる眠りに入っている時だったのだろう。自分のいる場所の空間に突然『光の穴』が開いた事だけでなく、そこから次々とトカゲ達が出てきた事にも気付かない。むしろ見た者が勘違いし相手によっては気味悪く感じてしまうぐらい、呼吸以外の動きは全くない状態で眠っていた。

そのリョクは『ある夢』を見ていた。自分の体が今よりも随分小さくなり、見覚えのあるトカゲ達と一緒にいる夢だ。それも自分がいるのは現実の今いる場所…『門番』が教えてくれた『楽園』とは真逆の、妙に草木が豊富に生い茂った地であった。だが、当のリョクは違和感を持っても不快感は芽生えていないようだ。むしろ久し振りに多くのトカゲや豊かな自然に囲まれていたからか。リョクは小さくなった体を懸命に動かしながら夢の世界を満喫していく。そして夢の方も満喫する彼に答えるように、何度もその世界等を見させるのだった。

それでも長く生き一匹旅も行ったりして自然と経験が積まれていたからか。懐かしさと居心地の良さを感じる夢の世界に素晴らしさを感じつつも、その頭の片隅には警戒心が残り続ける。『深く満喫すればするほど二度と目覚める事が出来なくなる。』と感じたからだ。そして持ち続けた警戒心の効果だろう。夢の中で出会った他のトカゲ達から狩りに見立てた遊びに誘われても、何とかそれを断る事も出来た。もっとも遊び等に誘ってきた相手はふ化して間もない頃に発育不良で育たなかったり、他の動物達に食べられてしまった兄弟や仲間となるはずだったトカゲ達ばかりだったからか。断る側のリョクも辛かったのだが…。

そうして辛さを感じているのに、何度も危うさを感じさせる夢の世界へ誘われ過ごす事を強要されるリョク。だが、魅力的な誘いや素晴らしい世界から何とか距離を置こうとしていた事が功を奏したらしい。今までの夢では自分の事を一方的に誘ってくる亡きトカゲ達の声や気配のみだったのが、いつの間にか僅かに違う気配や音も感じ始めた事に気が付いたのだ。それも夢の世界が変化し始めた事に気付いたリョクに、夢の世界に留まる現実では既に亡きトカゲ達も何かを察したのだろう。遊びに誘う行動等が徐々に弱まっていく。更にある日の夢の中で一匹の雌のトカゲ…現実では自分より先にふ化というのに体力を使い切ってしまい、動かなくなってしまった姉がこんな事を告げてきた。

『あなたは…もう、ここには来られなくなったみたい。…分かるわよね？　リョク。』

『お姉ちゃん…。』

『さぁ、あなたは本当の『楽園』に行きなさい。あなたの…ううん、私達の体にずっと眠っていた夢を叶える為に。それまでは…少しの間お別れよ。』

『バイバイ、リョク！』

『またな！』

『お姉ちゃん！　皆!!　…っ。』

姉のトカゲが告げてきた事。それだけでなく他の今は亡きトカゲ達が告げた言葉や様子に、彼女達なりに本当に別れを示してきた事が分かったからか。リョクは思わず悲痛な声を上げてしまう。あれほど警戒心を強めていたはずの夢の世界や、自分も引きずり込もうとしていた者達だったというのにだ。だが、別れの言葉の隙間を埋めるように彼女達以外から発せられていると思われる声や風の音。彼女達とは異なる気配が強まっていくのに気付いたのだろう。リョクは姉達との別れも否応なしに察知する。すると彼が察知した事で更に強く引き金を引く事になったようだ。現に周囲の音や気配の強まりと共に、リョクは何かに引っ張られるような感覚になりながら意識も手放すのだった。

そんな感覚になって、どれほどの時間が経過しただろうか。少なくてもリョクの感覚では意識を手放していた時間は僅かなもののつもりであった。だが、いつの間にか自分の周囲から多くの気配を感じていた。何より瞳を開ければ多くの気配の正体と思われる若いトカゲ達がいたのだが、彼らが心配そうに覗き込んだりしていたからか。本来ならば『自分は思っていた以上に長く眠っていた』と気付けるだろう。だが、現実の世界では『楽園』

を求めて旅立って以来、自分とほぼ同じ見た目をした他のトカゲを見ていなかったのだ。『自分はまだ夢を見ている』と思うのは仕方のない事だ。現にリョクは『自分はまだ眠りに落ちている』と思ったらしく、一度は周囲を見回したものの再び瞳を閉じようとした。

　それでも彼が再び眠りに落ちる事はなかった。その彼の行動や行為等を止めるように別の者がいた事にも気が付いたからだ。周囲にいる自分と同じような容姿をしたトカゲ達の間を割って入った『門番』の姿が…。

『…ようやく目を覚ましたみたいね？　リョク。』

『…っ。『門番』、さん…。』

『良かったわ。なかなか目を覚まさなかったから、そのまま永遠に目覚めないかと思ったの。どうかしら？　体の方は。』

『えっ、ええ…。大丈夫、です…。何とか…。』

　未だ僅かに夢見心地な状態のリョクに対し話しかけてくる『門番』。それも言葉は『門番』なりに気遣っているようだが、その内容はリョクが死にかけていた事まで含ませていたからか。当のリョクは戸惑ってしまう。だが、『門番』からの非情な言葉でもリョクを我に返らせる効果はあったらしい。その証拠にリョクは戸惑いながらも受け答えをしている内に、更に目が覚め意識も取り戻していく。そして『門番』も何とかリョクを我に返らせる事に成功したからか。表面上は常と変わらない様子であったが、その内面では密かに安堵するのだった。

一方のトカゲ達は何も言わずリョクを見つめ続ける。自分達の祖父母や親等の兄弟である彼に対し、何から話せば良いのか分からなくなってしまったからだ。それは『門番』に導かれるがまま、ただ『今と違う、新しい場所に住みたい。』という願望だけで起こした行動だったからかもしれない。実際、今彼の周りに集まっている若いトカゲ達の大半が『そういう想い』を強く持つ者達ばかりだ。だが、新天地を求める強い願望は持っていても、生まれつき持っていた強い生殖意欲による警戒心だけでなく時代の流れもあるのか。大半のトカゲ達が伴侶にしたい相手や、元々仲が良かった者達以外とは関わる事を望まない性格だったらしい。リョクに対し興味はあるみたいだが一向に話しかけようとはせず、むしろ遠巻きに彼を見つめるばかりだ。そのせいか『門番』とリョクのやり取りの後は、多くの者達が集まっているというのに妙に静まり返ってしまうのだった。

だが、その状況も変わる事になる。同じ種属同士でも必要最低限の関わりしか持とうとしない最近のトカゲ達の中では珍しく、馴染みの相手以外でも怯まない者もいたらしい。その証拠に一匹のトカゲが前へ出てくると声を発した。

『…初めまして。私…『アオバ』って言います。あなたがリョクさんなんですね？』

『あっ、ああ…。そうだが…。』

『あなたの話は幼い頃に大人達から聞きました。『自分達が子供の時に仲間の一匹が『自分達の本当の住処はここじゃない。』『本当の住処…『楽園』を探そう！』ってな。で、その話に自分達も乗って旅に出て、ここに辿り着いたんだ。』『ただ慣れるまでここで暮らすのは大変だったな。生まれ育った場所と違って寒いから気を抜くと眠くなったり、見慣れない植物も沢山あるからな。一つ一つ覚えるのに時間がかかったよ。まぁ、おかげで今があるんだけどな。』って。』

『そっ、そうか…。すまなかった。』

一匹の若いトカゲ…アオバから自分の昔の仲間の話をリョクは聞く事が出来た。だが、その内容が過去に自分が行った事の結果を含み、今更ながらに非情とも感じてしまうものだったからか。一気に後悔の感情が強まったのだろう。気まずそうにしながらリョクは謝罪の言葉を呟く。だが、当のアオバはただ自分が聞いた話を口にしただけで、特別気にはしていなかったからか。謝るリョクに対し、こんな言葉を告げた。

『そんな…謝らないで下さい。私達は大人達から話を聞いただけで、実際に体験した事じゃないんですよ？　だから謝られても困るっていうか…。それに話していた大人達も特別辛そうな顔はしていませんでしたよ？　だから気に病む事はないです。』

『…っ。そうか…。ありがとう…。』

『いえ…。私の方こそ変な話をしてすみません。けど…！　私達があなたに会いたかったのは事実です！　大人達からの話で『楽園』がある事を最初に教えてくれたから！　それに…！　ここ…『楽園』に私達が辿り着く事が出来たのは、あなたが私達のお祖父ちゃんやお祖母ちゃん達に『楽園』の話をしてくれたおかげなのでしょう？『門番』さんが言ってました。だから言わせて下さい。『楽園』を探してくれて、皆に話してくれてありがとうございました！』

『ありがとう、ございました！』

『…っ。』

強い謝罪の念に駆られていた自分を癒すような言葉を告げてくれた事。それだけでなく一方的に『楽園』探しに協力させてしまった自分の行動等に対し、感謝の言葉まで告げられたからか。リョクは思わず動揺してしまう。だが、その感情以上に彼の中で芽生えていたのは強い喜びだったのだろう。現に強張っていた体から僅かに力が抜けていくのをリョクは自覚していた。

その出来事から更に日は過ぎて。あれからも日の経過に比例してリョクは年を取り続けていたからか。日の大半を眠って過ごすようになっていた。だが、自身がかつて抱いていた『楽園』で過ごすという願望が叶った事。それも自分以外のトカゲ達も一緒に過ごせるようになったからだろう。起きて動ける時間は短くなる一方だったが、充実感を自覚しながら日々を過ごせるようになっていた。

そんな彼の様子を『楽園』とは異なる世界から見ている者がいた。異空間…『ゲート』にて役目を果たし続けている『門番』と、複数の影…リョクと似た見た目をしたトカゲ達だ。だが、リョクを見つめる皆が集まった所からは心なしか張り詰めた空気が漂っている。特にトカゲ達は神妙な様子た。リョクが自分達と同じ状態になる日がいよいよ近くなってきているのに気が付いていたからだ。『あの世』と呼ばれる黄泉の世界へと行かなければならない時が…。

リョクが待つ『楽園』に向かうべく『ゲート』にトカゲ達は集められた。すると集められたトカゲ達の中の一部の者達はリョクと同じ年頃…つまりは年老いた存在がいた。それも年老いたトカゲ達は『楽園』を探すリョクに協力し行動する中で『ゲート』を通じて、自分達の体では本来生き延びる事も困難な地へ辿り着き何とか過ごしていたからか。リョク以上に体力や精神力を消耗し、彼よりも早く死期が迫った状態になったのだ。そして一時的とはいえ『ゲート』に滞在する事になると、必然的に年老いたトカゲ達は『門番』とも再会。その時に『門番』から告げられたのだ。死期が間近に迫っている自分達は『ゲート』に滞在する事。リョクが亡くなったら彼と共に『黄泉の世界』へ導く事を…。

『…という事で、私はそういう風に動こうと思うの。良いかしら?』

『はぁ…。』

『…って、良いんですか？　そんなに色々としてしまって…。確かに私達からすれば『あの世』に行くまでの道や、彼とも一緒に逝けるから楽にもなるかと思いますけど…。』

『ああ、けど…『ゲート』の力を使うのはアンタに負担がかかるんだろ？　それって動物の匹数や行き先にも関係しているって事なんじゃないのか？『門番』さん。』

自分が行えるのはもう『黄泉の世界』へ向かう事だけだ。だが、その事だけでも既に命が完全に尽きようとしていた自分達にとっては、とても大変で身も心も辛さを感じる事だ。だからこそ『門番』が告げた事は年老いたトカゲ達にとって素晴らしい話だった。だが、この場所に辿り着いて間もなかった頃に、『門番』から『ゲート』の効果や自身との関係についても聞いていたからか。素直に喜んで良いのか分からなかった年老いたトカゲ達は思わず尋ね返してしまう。『ゲート』内が戸惑い等により重苦しい雰囲気になり始めていた。

一方の『門番』は年老いたトカゲ達を見つめる。すると告げられた言葉や様子から、彼らが自分を心配してくれていると気が付いた事。それも重苦しい空気になるほど彼らなりに気遣っていると分かったからか。『門番』は何だか嬉しくもなってしまう。だが、彼らに提案した理由が自分の犯した事に対する『謝罪の気持ち』を示したものでもあるからだろう。喜びを前面に示すような事はしない。むしろ懺悔している気分になりながら言葉を続けた。

『あなた達が気にする事はないわ。これは…私なりに罪を償いたくって行おうとしているだけだから。』

『罪…？』

『…ええ。ずっと秘密にしていたけど、『楽園』を求めたあなた達の辿り着いた先がバラバラに別れてしまったのは…私のせいなの。私が…あなた達を適当な場所に飛ばしてしまったから…。』

『…っ。『門番』さん…。』

『これで分かって貰えたかしら？　私がリョクと一緒にあなた達を『黄泉の世界』へと導く理由が。』

自分達に対し『門番』が積極的に動いてくれる理由を知る事が出来た年老いたトカゲ達。だが、『門番』が告げてきた話は本来ならば怒りが芽生えるはずの内容でも、トカゲ達は年老いたからか。はたまた『門番』なりに謝罪の気持ちを込め、それを行動で示そうとしている事を察知したからか。年老いたトカゲ達は不思議と怒りが湧いてきていないのを自覚する。そして怒りが湧いてこない事で、『門番』の言葉を素直に受け入れるように皆は頷いたのだった。

それらの事を過ぎらせながら『門番』は年老いたトカゲ達と共に、窓のようなものからこの場所…『ゲート』と異なる世界を覗き込み続ける。その見つめる先には『楽園』を満喫する若いトカゲ達と傍で眠るリョクの姿が映っている。かつてリョクも含めたトカゲ達が望んでいた、眩しさも感じさせる穏やかな光景が広がっていた。

だが、見つめていた者…既に魂だけの存在になっていたトカゲ達の様子は終始浮かない。もうすぐリョクが自分達と同じ状態…魂だけの存在になる事。そして魂が『ゲート』へ来て、自分達と共に虹で作られた橋を渡った先にある『黄泉の世界』へ向かうと分かっているからだ。彼の今の穏やかな時間を壊す事を意味しているのだから…。

するとと彼を見ている内に気持ちが揺さ振られたのだろう。一匹のトカゲが徐に呟いた。

『本当に彼を…もう連れて行かなくてはならないんですか？』

『お前…。』

『だって…ようやく今の時間を過ごす事が出来るようになったんですよ？　穏やかな時間を、それも『楽園』で…。だから辛いんです。この時間を壊してしまう事が…。』

『…。』

リョクも年を取り、一日の大半を眠りで過ごすようになっていた。それでも見ていて穏やかな時間を過ごせていると分かった事。しかも長年の願望でもあった『楽園』に辿り着き、若きトカゲ達とも過ごせるようになっていたのだ。だからこそ彼の願望をもうすぐ壊してしまう事を知っていた年老いたトカゲ達は暗くなる一方だ。だが、『門番』は自身のその存在から彼らの気分が重苦しくなる一方でも、同じ状態になる事はない。むしろ沈み続ける彼らの悲しみの声に対しても、こんな言葉を告げた。

『…悲しがっても仕方がないわ。生きる者はいつか死ななければならないのよ？　たとえ穏やかな時が過ごせていても、いなくてもね。…それは分かっているでしょう？』

『そう、ですけど…。』

『それに…彼は満足していると思うわ。あなた達が思っている以上にね。確かに私のせいで時間が余分にかかったし、そこは本当に申し訳なかったと思うわ。だけど『楽園』に辿り着いてからの彼は、ちゃんと穏やかに過ごせていると思うの。あなた達にも分かるでしょう？　ここから『楽園』に辿り着いた後の、彼の日々を見てきたのだから。』

『っ！　そうですね…。』

『ええ…。あなたの言う通りリョクは幸せそうだ。』

『ああ、そうだな！　なら俺達が気にする必要はないかな！』

若きトカゲ達と『楽園』で過ごす穏やかな時間を壊す事に皆はためらっていた。それでも『門番』からの話を聞き改めてリョクを見てみれば、彼が幸せそうに過ごしている姿が映ったからか。ようやく年老いたトカゲ達は納得していったらしく、安堵した様子で『門番』と共にリョクの様子を再び見つめ始めた。


そうして亡き仲間達に見守られながら今日もリョクは生きていた。夢だった『楽園』で未来も生きていられるであろう仲間達と共に――。

『『あの人』は私達が『ゲート』に辿り着くきっかけを作ってくれた人。だから『ゲート』で『門番』さんに頼んで会いにいくんだ。ある事もしたいから―。』

お礼参り～ナモナキモノタチ～

この世界…人間や動物等の命を持った者達が住むのは『現世』と呼ばれている。その『現世』は時の流れというものに強く影響されていて、それは命に期限がある事を実感させられるほどだ。すると時というものが存在し、様々な出来事に期限等が設けられている『現世』に苦痛を感じたのか。大半の生物は次の世代に繋ぐ事で、自分の命を少しでも長く保たせようとした。だが、一部の者達は時の流れが存在しない世界…つまり『現世』以外の場所を求めて放浪していた。『現世』を捨てるという事は命を捨てるという意味でもあるのに…。

その『現世』はあくまで複数存在する世界の一つに過ぎない。亡き者が向かう世界や、『現世』の大半の者達が見た事もないような姿や力を持った存在がいる世界等もあるのだそうだ。そして『現世』と他の世界は壁一つしか隔てていないが、その壁自体が強固な力で生み出されたものだったのだろう。『現世』が他の世界と関わる事はほぼ不可能であった。

そんな『現世』と他の世界との壁であったが、弱まる時期というのも確かに存在している。『お盆』や『ハロウィーン』等だ。その時期は『現世』を包み込むように張られた結界が弱まるだけでなく、既に亡くなった者達のいる世界の扉も開いているからか。『現世』を中心に多くの亡者達が放浪するようになる、とても不安定な時期でもあった。

その不安定な時期は『ゲート』でも影響しているようだ。特に亡き者達の世界…『黄泉』の結界の力は普段よりも弱まっているらしく、普段よりも多くの動物達が行き交う。既に亡くなって日が経過し過ぎていて、『ゲート』まで来た目的を見失っている動物達もだ。それにより『ゲート』内は普段以上に行き交う動物達の数が多く、また亡くなっている者達ばかりだった為に不安定な空間へとなっていた。

だが、『ゲート』内が不安定な状況になっても、『門番』は当然怯む事はない。むしろ『ゲート』に留まり、日々『門番』という名の通りの役割を果たし続けている事。何より『お盆』や『ハロウィーン』等で『ゲート』に来るのは人間と関わり、様々な理由で人に対し想いも残したままの動物ばかりだったからか。その理由等も立場上把握していた『門番』は人間に復讐してくれる事を望みながら『ゲート』の力を発動するのだった。

そうして『ゲート』から動物達が望む場所へ向かい始めていた頃。『現世』では『黄泉』等の世界との結界が弱まる時期の一つ…『ハロウィーン』が近いからだろう。一部の者達は妙に騒ぎ始めていた。それも騒いでいた者達は本来の風習から変化した仮装をして、都会に出て楽しむつもりでもいるらしい。その証拠に仮装する為の衣装に使う布や、小道具を作れそうな材料。更には『ハロウィーン』の特集が掲載されている雑誌を手にしている。大半の者が『ハロウィーン』を楽しみにしているような様子であった。

だが、そんな者達に対し批判する者達も当然いた。時代の流れと共に風習も変化していったとはいえ、『現世』で今行われている本来の『お盆』や『ハロウィーン』等の形が変わってしまったからだ。それも変化したものには本来の様子…『死者を弔う』というものが、ほとんど感じられなくなってしまっていたからだろう。一部の人達による批判は強まり、質も悪くなっていくばかりだ。すると強まった批判等は強い闇の力も含ませたらしい。その事を表すように『現世』を覆っていた結界を、時期と相まって更に弱めさせていった。

それでも『現世』に迫る危機に気付く者はほとんどいない。大半の人々は相変わらず違う形になってしまった『お盆』や『ハロウィーン』を楽しみにしていた。本来の風習…『死者を弔う』を行わなくてはならないはずの者達もいたというのに…。

だが、その者達の中でも『まともな事』を口にする者もいた。『お盆』や『ハロウィーン』に関する本来の風習について語る者がだ。そして水を差すような事を告げられ、逆上した者に対し、こんな事も口にした。

「…良いよ、別に。皆は違う形になったのを楽しめば。けど…忘れない方が良いかもよ？『その時期』は私達…人間じゃない者も現われ易いみたいだから…。」

「はぁ？　何言ってんだ、こいつ。」

「さぁ？　ただキモい事言っているだけでしょう？　ってか、そんな事言ってたら仲間に入れてあげないわよ？　せっかく一緒に楽しい事をしようと思ったのにな～。」

「…ごめん、なさい…。」

『知識を持っていた者』は『お盆』等に関して正しい内容を告げていたつもりだった。だが、それは大半の者達にとっては理解不能だったからだろう。困惑と共に高揚していたはずの気分が沈んだ事に対して不快さも露にする。そして『知識を持っていた者』は皆が自分を責めている事を察知。同時に『仲間外れにされたくない。』という想いが強く芽生えた事で必死に謝罪をしたりしたのだった。


こうして『お盆』や『ハロウィーン』等は『知識を持っていた者』にとって何だか胸の中をもやもやさせる時期にもなっていた。だが、それも少しだけ変化した時もあったのだ。『知識を持っていた者』達の中の一部に、犬や猫等の動物と出会った人がいたからだ。それも出会ったのは一見すると『普通の動物』なのだが、見続けている内に異なっている事に気付く。体を覆うように光が放たれ、どの毛色の子でも輝いていた事。人の言葉を理解し話しも出来る事。そして姿を見られる人に限りがあり透けていたのだから…。

「ゆ、幽霊…？」

『…ええ、そうです。驚かせて、怖がらせてごめんなさい…。『あの人』と直接会う前に見える人の傍にいたかったんです。その会うのに…色々と決意？　も必要だから…。』

「そう、ですか…。」

見る事が出来た者達の中でも動物霊をはっきりと、それも長い時間は見た事がなかったのか。はたまた実体を持つ動物達と勘違いしてしまうほどに、多少の違和感を抱いても姿が判別出来てしまう状態のものばかりだったからか。最初は強い恐怖が芽生えた。だが、その恐怖により思わず呟いてしまった言葉に動物達が反応した事。何より動物達の方も人間が聞き取れる言葉で答えてくれたからだろう。出会った者達の恐怖心は一気に和らいでいく。そればかりか動物達の言葉に耳を傾けている内に、何だか妙に切なさを感じたらしい。こんな事も口にした。

「あの…！　もし行き先がないのなら…私の所に来ませんか!?」

『えっ…？』

「今、不安定な時期とはいえ幽霊になる事って『寂しい』って思っているからだって聞きました！　だから…決意っていうのが出来るまで、私の所に来ませんか!?　あっ、あまり『おもてなし』は出来ないんですけど…。」

『…。』

「どう、でしょうか…？」

切なそうにしていた為に既に幽霊のような状態でも、相手の動物に『見える者達』は必死に声をかける。すると当の動物達は『見える者達』であっても、自分達の所に来る事を提案されるとは思わなかったらしい。現に戸惑いを見せてしまう。だが、『見える者達』の言う通り強い寂しさが芽生え続けていた事。何より決意が固まるまでには、まだ時間が必要である事も自覚しているのだろう。各々で『見える者達』からの提案を受け入れる。そして期間限定の不思議な同居が始まったのだった。

そうして『決意が出来るまでの間』という名目で『見える者達』との生活を送り始めた『幽霊の動物達』。だが、その生活は『幽霊の動物達』にとって驚きの連続だった。幽霊であるはずの自分達にいつも話しかけてくれる。外出の際には一緒に連れ出してくれる。そして毎日食べ物を供えてくれて、動きだけでも優しく撫でてくれたのだから…。

『何で…何でこんなに色々としてくれるの…？　僕はもう死んでいるんだよ？』

『毎日、食べ物をくれても食べられないよ？　撫でてくれても何も感じないよ？　だから必要ないのに…。』

それらの行為は『幽霊の動物達』にとって初めての事ばかりだからだろう。彼らは喜びよりも戸惑いを強めてしまう。しかも強まる戸惑いの感情により、彼らの口から出るのは行為を否定するような言葉ばかりだ。そして否定する言葉を吐き出してしまう度に『幽霊の動物達』には嫌な記憶が過ってしまう。生前に人間達からされていた『非道』としか感じない行為が…。

ある一匹の犬は他の犬や猫も多くいる場所…いわゆる『ペットショップ』と呼ばれる所にいた。そこは自分以外にも多くの動物がいた事。それも自分よりも幼く愛らしい姿をした子達もいたからだろう。その子達は次々と人間達と共に『ペットショップ』を出ていったが、犬は残され続ける。そして時の流れにより犬は『子犬』と呼ばれる状態から『成犬』へと成長。それでも誰の目に止まる事はなく、むしろ成長してしまった事で人間から見れば可愛さが薄まったように感じてしまったらしい。益々、その犬の前で足を止める者はいなくなってしまった。

そんな元・子犬の前に男は現れた。男はすっかり成犬となってしまった元・子犬の前に立ち止まると、何やら柵越しに体を念入りに見回す。そして僅かに笑みを浮かべると『ペットショップ』の人間と会話。元・子犬を連れて帰ったのだ。それは元・子犬にとって驚くものだった。だが、同じ時期に『ペットショップ』にいて旅立った他の犬達が度々遊びに来ていた事。その際に皆幸せそうにしていたのが過ったからだろう。元・子犬に芽生えてきたのは驚きから喜びの感情だった。他の犬達と同じように幸せになれると思ったのだから…。

だが、その元・子犬に待ち受けていたのは最悪な日々だった。自分を『ペットショップ』から連れてきた男の家に着くと、いきなり檻に入れられたのだ。更には日があまり経過していないはずだというのに、男は元・子犬に似た容姿の雄犬と接触させ婚姻もさせたのだ。そして元・子犬はすぐに妊娠し出産。目が開くまでは一緒にいられたが子犬達を急に取り上げ、体調が整う前に男は別の雄犬とも婚姻させる。それにより元・子犬は再び妊娠…というのを何度も経験したのだ。更に男は元・子犬が妊娠出来なくなってくると激しく叱責。食事も与えなくなる。それは第三者が見て聞いても非道としか感じさせないものだったが、元・子犬に男を責めて追い詰める事は出来ない。結局、身も心も苦痛を感じたまま元・子犬は亡くなってしまった。

ある一羽の、全身が黄色い羽毛に覆われた鳥は様々な色の花や草木が多く生えた場所…自然豊かな地で生まれた。そこは自分と似た容姿の鳥以外にも、多くの動物達がいる所であった。だが、『人間』と呼ばれる者はほとんど入った事がないからか。動物界における宿命でもある弱肉強食は日々繰り広げられていたが、極端に種類や数が減る事はない。比較的『穏やかな時間』と呼べるものが流れた場所であった。

だが、その場所に『人間』が入ってきた頃からだ。状況が一変してしまったのは。というのも、入ってきた『人間』は複数いたのだが、大半が色とりどりの植物に目もくれなかった事。むしろ鳥を含めた動物達を次々と捕らえていったからだろう。動物達は初めて見た『人間』の姿や行動に驚くばかりで、一向に逃げ出す様子がない。それにより黄色い鳥だけでなく、この場にいた多くの動物が『人間』達に捕まってしまったのだった。

黄色い鳥に起きた出来事はそれだけではない。何人もの『人間』に接触させられ最終的に一人の少女の手に渡ったのだが、彼女は黄色い鳥に対し文句を言い始めたのだ。他の黄色い鳥…仲間達の中でも唄を歌う事を苦手としていたその鳥を責めるような言葉をだ。その内容や回数は生活を共にする時間が長くなればなるほどに悪化。遂には『同じ種類の鳥達と違って綺麗な声で歌えないなんて腹が立つ。』、『色々な事をすれば綺麗な声で歌えるようになるかもしれない。』とも考えるようになったらしい。その黄色い鳥は物を投げられたり羽をむしり取られたり、餌が貰えなくもなってしまう。そして少女の見た目が少し大きくなった頃には彼女からの様々な行為が原因なのだろう。黄色い鳥は亡くなってしまった。綺麗な声で歌えないまま、それも至る所の黄色い羽がむしり取られた痩せた体で…。

ある一匹の雄猫は住宅街の片隅で生まれた。そこは住宅街というだけあって『人間』が多くおり、常に誰かの姿や気配を感じさせるような場所であったからか。その猫は物心が付いた頃から既に一匹でいたが、『寂しい』という感覚はほとんどなかった。更には幼い頃から『人間』を見て育ったからだろう。野良猫に近い状態であれば少しでも持っていなければならないはずの『人間』に対する警戒心が全く働かない。そればかりか身近にいてくれ、度々食べ物を与えられたり優しく声をかけ撫でられたりもされたからだろう。『人間』は安全な存在』と思ってしまったらしく、自ら近付いてくるようにもなってしまった。

そんな猫は出会ってしまったのだ。一人の中年の男にだ。それも男は他人との交流にも積極的で、その猫以外にも優しく接していた事。更には保護も進んで行う『ボランティア精神』が豊富だと思えた人物だったからだろう。周囲の者達は男に対し益々警戒心を持たなくなっていく。その中には雄猫も含まれていて、野良猫状態だった事もあり男に『保護』された。

だが、『保護』された事で雄猫は知ってしまったのだ。男の本性が『ボランティア精神』を持つ人物ではない事をだ。現に雄猫が連れて来られた男の家には『保護』された猫達が多くいたが、皆は異様に痩せ細った体型をしていた。更に皆は体の何処かに必ず怪我を負っていたり、明らかに体調が悪そうだった。それでも『ボランティア精神』を持っているはずの男は病院に連れて行こうとはしない。むしろ雄猫以降も猫を次から次に何処から連れてきて増やしていくのだ。そして増えすぎた猫達は酷い空腹により、次々と自分以外の猫に襲いかかるようになる。その中には雄猫も含まれていて、空腹と体の痛み等を感じながら意識を手放してしまったのだった。

そんな過去が『幽霊の動物達』にそれぞれ過る。だが、その事を今目の前にいる者…自分達に良くしてくれている人間に告げて良いのか分からなかったからか。『幽霊の動物達』は黙り込んでしまう。それでも相手の人間達はやはり心優しく、何かを察する事にも長けている方なのだろう。現に手を伸ばしながら告げた。

「無理して話そうとしなくて良いんです。私はただ癒したいだけですから。」
「俺は勇気が持てるまで、いくらでも傍にいてやる。だから気にするな。」
「そう言えば…ご飯まだだったね。今日は何を食べようか？」
『…っ。』

直前まで過っていた苦しくて悲し過ぎる生前の記憶のせいで、『幽霊の動物達』の思考も重苦しいものばかりになっていた。だが、そんな自分達の心情も読んでくれているように今目の前にいる人間は温かく接してくれるからだろう。『幽霊の動物達』は感謝の言葉を上手く伝える事が出来ないが、喜びを表すように尾を振ったりする。それだけでなく温かい人間達に向かっていった。

そうして『幽霊の動物達』が新たな人間達の所で温もりを感じ、生前に受けた非道な行為に対して気持ちが落ち着き始めていた頃。人間界では『ハロウィーン』が近かったからだろう。妙に活気づいていく雰囲気に当てられたらしく、多くの者達が浮き足立った様子で日々を過ごしていた。その中には本来ならば楽しく騒ぐ事に『相応しくない者達』もいた。だが、相応しくない者達は当然それを理解していない。むしろ他の者と騒ぐ為の準備を意気揚々と進めていた。

そんな者達を現世とは違う空間…『ゲート』から見ている者がいた。この場所の主のような存在で動物達を見守るだけでなく、『ゲート』に辿り着いた彼らを導いたりもしている『門番』だ。だが、その『門番』は怒りを含ませたような雰囲気で、現世の人間達を見つめている。『ハロウィーン』で本来は盛り上がる事自体が『相応しくない者達』を…。

『…本当に人間達は罪深い。自分達の所業を見つめ直さず、本来の意味を理解しようともしない。最低で最悪な存在だわ。』

その存在から『相応しくない者達』が過去に動物達に行ってきた事を分かっていたからか。『門番』は強い怒りの感情を大きくさせていく。だが、近い内に訪れる『ハロウィーン』で『ある事』を行うつもりだからか。強い怒りの感情は残っていたものの、こんな事も呟いた。

『今は『ハロウィーン』に夢見て楽しく過ごしていれば良いわ。苦しみを味わわせてあげるから…。』

強い怒りを持ち続けながらも、『ハロウィーン』に行う予定の『ある事』を想像しているからだろう。『門番』は笑みを浮かべているように口元を歪ませる。だが、今は『ゲート』に辿り着いたり、目的地に向かう為の通り道にした動物はいないからだろう。禍々しい様子になっていく『門番』には誰も気が付かないのだった。

一方その頃。『幽霊の動物達』は心優しい人間達の所で過ごしていた。実際に食べる事が出来なくても毎日食べ物を与えてくれて、優しく声をかけながら触れてくれる。生前とは真逆の日々をだ。その時間は未だ戸惑う事もあるが、忌まわしい生前の出来事が過る時間が減った事にも気が付いたからか。『幽霊の動物達』は徐々にこの生活を楽しむようになる。むしろ彼らの中では、いつの間にか『この日々がもっと続いて欲しい。』という想いまで芽生えるようになっていた。

だが、その時間は当然長く続けられるものではない。現に新たな人間達の所で何度か太陽が昇って沈んでいく様を見届けていた『幽霊の動物達』は気が付いたのだ。自分達を呼ぶ声と気配にだ。それも感じ取ったのは、ここに辿り着く直前に出会った存在…『門番』のものだったからか。彼らは一気に現実に引き戻される。今いるこの場所から離れる時が近いという現実に…。

『…分かっています。この時間が永遠でない事は…。けど…。』

『もっと…この場所にいたかった…。やる事も決意も固まっているから動けはするけど…。』

『それでも動きたくない…。ここで出会った人のおかげで優しくって温かい人間もいるって知ったから…。』

近日中に今いる場所や人間の傍から離れなくてはならない事を『幽霊の動物達』はよく分かっていた。それでも生前とは全く異なっている今の温かな生活を手放したくない想いが強まっているのだろう。その想いを必死に口にし強い懇願も示し続ける。だが、元々人間を嫌い存在をも否定している『門番』に届くはずがない。現に『ハロウィーン』が近付けば近付くほど自分達を呼ぶ気配等が強まっていくのを『幽霊の動物達』は察知していた。

そうして更に何度目かの朝日と夜特有の星空を見つめた後。『ハロウィーン』の前夜に遂に『幽霊の動物達』と人間の別れの時がやって来た。それも少し前まで自分達に優しく接してくれた人間が眠っている時に…。

『…っ。今が…別れの時なのか…。』

『お礼を…言えてないのに…。』

『ごめんね…。ありが…。』

体が妙に軽く感じ、何かに引っ張られるような感覚と共に意識が失われようとしているのに気付いてしまった事。それは初めて優しくしてくれた人間達が目の前にいない現状での別れも自覚するものだったからか。『幽霊の動物達』は悔しさと共に優しくしてくれた人間達に対し、謝罪の言葉も呟く。だが、それを聞く事が出来た者は誰もおらず、僅かに空気が揺れたような感覚を残して彼らは消滅してしまった。

そんな切なさも感じさせる別れがあったが、それを作り出した元凶である『門番』が気にする様子はない。むしろ『門番』にとっては『幽霊の動物達』に協力する事で非道な行為を行ってきた人間達に復讐出来るからだろう。彼らの心が揺れ動いている事には気が付いていたが、当然同調はしない。そればかりか『ゲート』に戻してきた彼らに猫科の形をした手と思われる部分をかざすと、こんな言葉を口にした。

『さぁ、愛しき命を持った者達よ。復讐する為の時は満ちた。この力を使ってアイツら…

忌まわしき者達を好きなだけ痛め付けなさい。今は小さくなっているその怒りを大きくさせて、ね…。』

『…っ!?』

『嫌、だ…!』

『なりたく、ない…!』

手と思われる部分をかざしてきた瞬間、『門番』が何かを行おうとしてくるのを察した事。そして実際、自分の体の中から何やら熱いものが込み上げ、意識も失いそうになっているのも自覚したからだろう。自我を失う事を恐れた『幽霊の動物達』は拒絶の声を上げる。だが、当然『門番』がそれを聞くはずもなく、『幽霊の動物達』の意識は黒い何かに塗り潰されてしまうのだった。

一方その頃。島国の中の複数の場所では奇抜な身なりをした人間達が多く集まっていた。この日が『ハロウィーン』当日で、だからこそ仮装して集まる事を望む者達が多かったからだ。だが、集合する事を望む者達は、当然のように『ハロウィーン』に仮装する理由といった本来の風習等について知らないのだろう。それを示すように集まった者達は様々な仮装を施してはいたが、その行動は街中で飲食をしながら歩き回る事だけだった。

そうして楽しく過ごしていた時だった。自分の前方…空間に穴が空いたのに気付いたのは。それも穴から見覚えのある動物が出てきたのは…。

「…っ!?」

「？　どうしたの？　急に固まって…。」

「いや！　だって…『あれ』が出てきたから！」

「『あれ』って…？　他の『ハロウィーン』を楽しんでいる人達以外、何もないわよ？」

「っ!?」

自分以外に穴から動物が出てくる様子が見えていない事。むしろ言葉や様子から友人達が空間に空いた穴自体も見えていない事にも気が付いてしまったからだろう。『見えてしまった者』は息を呑む。それだけでなく穴から出てきた動物の姿を見ている内に、徐々に自分が犯した過去の所業が過るようになったのだろう。『見えてしまった者』は強い恐怖が芽生えていくのを自覚する。そして芽生えた恐怖により『見えてしまった者』は顔色を益々悪くさせながら友人達を押し退けるように逃げ出す。『ハロウィーン』を楽しもうと集まっていた他の者達に時々ぶつかり、その度に非難するような態度を見せられもした。だが、今現在は恐怖で思考を埋め尽くされている者に、他者からの非難するような言葉や態度が目に映るはずがない。現に目的地があるわけでもないのに『見えてしまった者』は駆け抜ける事を止めなかった。

そんな『見えてしまった者』は一人だけではないらしい。現に『ハロウィーン』を楽しむべく街に出ていた人間達を中心に、一部の者達の様子が変化。直前とは真逆の恐怖の色を浮かべながら人の波に逆らうように駆け抜けていく。それらの行動は明らかに異常さを感じさせるが、この日の街は常日頃以上に賑やかで平穏ではないからだろう。『見えてしまった者』の行動に疑問を抱くのは、直前まで一緒にいたり接触した者達ぐらいだった。

それらの出来事が発生して、どれぐらいの時間が経過した頃だろうか。実際は三十分も経過してはいなかったが、強い恐怖に駆られ街中を走り続けていたからだろう。時間的感覚はなくなり、自分の今現在の居場所も徐々に分からなくなっていく。だが、様々な感覚が曖昧になっても走り続けていた距離は確かにあったらしい。それを示すように『見えてしまった者』達は自身の足がふらつくほどの疲労を感じるようになっていた。

だが、そんな彼らにも穴から現れた動物達は容赦する事はないらしい。直前まで背後から迫っていたはずだというのに、いつの間にか彼らの前に移動していたのだ。疲労を感じた彼らの進行先を塞ぐような形で…。

「ひっ…!?」

「いやっ…!?」

「誰か…!」

退路を塞ぐように明らかに異様な形で動物達が現れた事。それも現われた動物達の姿が、自分の過去の悪行を思い出させるようなものに変わったからだろう。『見えてしまった者』に選ばれた事自体が自分達のせいだというのに、彼らは強い恐怖を含ませた声を上げる。それでも『見えてしまった者』の行為により傷付けられた動物達が止まる様子はない。むしろ『門番』が施した術によって、ほぼ自我が奪われた状態になっているからか。『見えてしまった者』に更に近付くと眠らせ、彼らが過去に動物達に行った非道な行為を見させ始める。終わらない悪夢にさせるような禍々しい力を発動する事で…。


そうして自分達が傷付けられた時の事を夢として、『見えてしまった者』で犯人でもある人間達に見させる。その夢は『門番』が施した術の効果により、悪夢の中でも相当に強いものだったのだろう。夢の中で動物に姿が変わっていた犯人達は、痛みや苦しみを感じるほどの暴力等を受け続ける。夢の中の世界の話とはいえ何日も経過しているのに一向に止まらないのだ。それは自分達が過去に行ってきた事だというのに、当時人間であった彼らは全く自覚がなかったからか。苦痛から生まれた絶望と共に怒りのような感情も宿り始めているのを自覚する。自分の存在を棚に上げた、他の人間達に対する怒りが…。

そんな『見えてしまった者』達の一方で動物達の様子も変化していく。『門番』が与えた力により発動した術で変わらずに悪夢は見させ続けていた。だが、その様子は少し前まで漂わせていた怒りが主となる激しいものが薄らぎ始めていたのだ。悪夢を見させ続けた為に必然的に『門番』が渡した力を消耗した事。そして力が減っていった事で同時に自我も戻り始めていったからだろう。『門番』に力を与えられる直前の出来事が過るようになる。過去の出来事等により無念の想いが僅かでも残ってしまった事で『幽霊の動物達』になった自分達にも、優しく接してくれた人間達の事が…。

(…っ。ああ、駄目だ…。人間に復讐しては…。)

(たとえ目の前の人間が前に自分達に酷い事をしたとしても…！　彼女と同じ存在である事には変わりない…。だから…。)

(だから…人間をこれ以上苦しめちゃ駄目だ…。彼が悲しむかもしれないから…！)

過去に目の前の人物…『見えてしまった者』に、動物達はそれぞれ非道な行為をされた。その日々は痛みや苦しみを死ぬ直前まで感じるもので、確かに犯人である人間達に対して強い怒りは存在していた。だが、彼らは元々相手に対する怒りという感情が人間よりも長続きはしない存在だからか。過去にされた行為で芽生え宿っていたはずの怒りは、『幽霊の動物達』になった後に出会った者のおかげだろう。その者の持つ温かさに触れて過ごせた事で、既に激しい感情の大半が浄化されていた。そして浄化されていた事で我に返った『幽霊の動物達』は悪夢を見させる為の力の放出具合を徐々に弱小。最終的には力の余韻でまだ悪夢を見ていた人間達に対し、申し訳なさそうにしながら消えるのだった。

それから時は少し過ぎて。今年の『ハロウィーン』も既に終わっているからだろう。あの日、島国を包み込んでいた妙な空気は完全に消失。本来の風習から外れた手法で楽しんでいた人間達は仮装等を完全に解き活動。『ハロウィーン』の前の日常へと戻っていった。

だが、大半の者達が以前の様子へと戻っていく一方で、一部の人間達は変わってしまう。『ハロウィーン』の夜に空間の穴から動物達が出てきたのが見えてしまい、更には悪夢も見させられてしまった事。その内容が非道過ぎるものだったからだろう。自分が行ってきた事を棚に上げたままで、一方的に周囲に対して強い怒りを芽生えさせる。すると芽生えた強い怒りは元々の『自分の想いや考え等を表に示し易い性格』の影響もあり爆発。あの日の途中まで共に『ハロウィーン』を楽しんでいたはずの友人達も含めた周囲の人々に当たり散らすようになってしまったのだ。そしてその様子に友人達は付いていけなくなってしまったらしい。皆は段々と距離を置くようになり、遂に誰も傍にいてくれなくなる。それらの状況は当然、心の中に深い闇を生んでしまったのだろう。その闇の影響で小動物に対し再び虐待を行うようになる。つまりは一部の人間とはいえ過去の悪質な人間性が見えた状態に戻ってしまったのだった。

そんな人間の様子を監視する者がいた。異空間に存在する場所…『ゲート』に住む者であり、動物達を導いたりする役割も担う存在でもある『門番』だ。だが、その視線の先…『ゲート』にある現実世界の様子が見える窓のような部分からは、心の闇が溢れ動物達を虐待する人間達の姿が覗けたからだろう。一見すると普段と変わらない無表情に近い『門番』は、その存在から人間以外の動物を大切にしている為か。動物達が傷付けられる状況を見つめる『門番』からは、強い怒りを表すように禍々しい何かを漂わせている。見つめる先の動物達を虐待する人間の中には、『ハロウィーン』の時に過去の行為の制裁として悪夢を見させた者もいたのだから…。

『やっぱり…人間は酷い存在だわ。』

『ハロウィーン』で悪夢を見させる直前まで『幽霊の動物達』を現実世界に送り、力を蓄える為に人間の所で過ごさせる事を『門番』は決めていた。つまり全ての人間が『酷い存在』ではない事も『門番』は分かってはいるのだ。それでも大半の人間が行ってきた様々な事のせいで、人間以外の多くの動物の命が失われているのを目の当たりしてきたからだろう。生まれてから長い時が経過しているはずだが、『門番』の人間に対する怒りが主となる激しい感情は一向に静まる様子はない。現に体からは禍々しさを感じさせる、そして見つめる瞳には強い感情を含ませた炎のようなものを宿し続けていた――。

根源〜モンバン〜

『どうか知って欲しい。自分が生み出された理由を—。』

人間が多く行き交い文明を築き、時を刻む世界を現実世界…『現世』という。その『現世』とは壁のようなものを隔てた先にもう一つの場所…『ゲート』と呼ばれる場所があった。そこには『門番』という人間以外の様々な動物の体の一部を集めたような存在がいて、強い想いを宿しながらも行く先に迷った動物を誘い導いたりして過ごしていた。だが、その見た目が主張するように『門番』は人間を極端に嫌っていた。それも影響してか。動物が来ない限り人間達が多く行き交う現世とは違って、基本的に『ゲート』は静かな場所であった。

そんな『ゲート』には定期的に同じ者が訪問していた。黒いトカゲのような大きな体をした者だ。その存在は『門番』どころか『ゲート』を闇に包み込んでしまいそうに感じるぐらい大きい。もし他にも動物達がいたのなら観た瞬間に怯えてしまうほどだ。だが、訪問者は他の動物達がいない時に姿を現す事。そして『門番』の方もその訪問者は慣れた存在だからだろう。特に怯えた様子はない。むしろ『門番』にとって、その者が訪ねてきてくれる事だけでも喜ばしいものらしい。現に訪問者が少しでも快適に過ごせるように、『門番』は自身の力を使って『ゲート』の空間を広げる。訪問者が十分にくつろげるようにだ。すると久し振りに訪ねた自分に対しても、『門番』は『門番』なりにもてなそうとしてくれているのを察したからか。訪問者は『門番』が受け入れてくれた事に喜びのようなものを感じながら力を緩めるのだった。

こうして『ゲート』に姿を現した訪問者。すると相手が久し振りに訪ねてきてくれた者だったからか。最近『ゲート』が使われる頻度が増えた事もあり、『門番』は色々と思う事が溜まっていた。何より『ゲート』の力を発動させる事自体が、疲労を溜める事になるからだろう。いつものように招き入れた訪問者を特製の座布団まで導くと、もてなしながら話し始めた。

『…で、せっかく悪夢を見させる事で反省を促したっていうのに人間達は反省しないんですよ!? 酷くないですか!』

『ソウカ…。ダガ…ソウ言ウワリニハ怒ッテイナイヨウダナ?』

『っ。…はい。だって…『ハロウィーン』の時に力を解放してあげた動物達は、その直前に他の人間達から優しくされていたみたいで…。その優しさで彼らは目が覚めた時、自分達に酷い事をした人間に対し悪夢を見させる事を止めたんです。それを見て私も少しは人間達を見る目を改めた方が良いかなって思って。『ハロウィーン』の前にも動物達を強く思っている人間の姿も見ましたし。何より…あなたも教えてくれたでしょう? 動物と人間との繋がりを。そして…その大切さもね。』

『…アア。ソウ、ダナ。』

溜まっていたものを吐き出すように『門番』は、最近『ゲート』を使った理由や出来事について話し続ける。その言葉達は表面だけ聞くと、怒りの感情ばかりを含ませたような荒々しさを感じさせている。だが、相手は『門番』の事を古くから知っているのだろう。言葉とは裏腹に『門番』の中には荒々しい感情がほとんど芽生えてない事に気付く。そしてその事を訪問者が問いかければ、『門番』は穏やかな様子で真っ直ぐ見つめながら答えてくれたからだろう。訪問者は安堵する。少し前の時とは真逆の『門番』の姿を見る事が出来たのだから…。

その者…『ゲート』を度々訪ねてくる者は、いわば『神様』のような存在。そして『門番』から見れば親のような存在だった。そんな『神様』が『門番』を生み出したのは今よりもずっと前。『後に『人間』となる存在』が現世で生まれて間もない頃にまでさかのぼる。だが、最初は『後に『人間』となる存在』よりも他の動物達の数の方が多かったからだろう。『門番』を作り出す事は考えていなかった。むしろ『神様』は自分の事を理解していたからか。自分の立場を隠しながらも能力は発動。動物や時には植物にも姿を変えたりしながら、あくまで現世の一つの命として過ごしていた。他の動物達の命の営みを見守りながら…。

そうして過ごしてきた中で『神様』は気付いた。時の経過と共に一つの種族が後の時代にも生き残る可能性を持っている事にだ。それに気付いた時期や、そうなった経緯等は『神様』でも把握はし切れていない。だが、一つの種族…『後に『人間』となる存在』は生命力だけでなく、知能と呼ばれるものも他の動物達より持っている事は確かだった。現に彼らはいつの頃からか手を使い何やら作ると、それを更に使って植物や動物達を採取したり狩りを始めたからだ。そして僅かな時間でその種族は『人間』へと進化したが、代償のように数多の植物や動物が種類ごと消えてしまった。

　すると様々な植物や動物達が大元から消滅し、その命が黄泉以外の世界…現世でも漂い始めているのに気付いたからか。『神様』は考え込む。種類ごと消滅してしまった者達の魂がほぼ皆、無念のような感情を抱いているのも分かったからだ。それは植物よりも声等で主張し易い動物達の方が圧倒的に強く、その無念の塊となった魂により現世は闇に包まれていく。それは新たに生まれた種族の繁栄が脅かされそうなほどの恐ろしさだった。

　そんな状況を目の当たりにし続けていたからか。自分と似た存在であっても仕事が違う者達からの助言や手助けもあり『神様』は動く決意を固める。進化と発展を止めない人間によって種族ごと消滅させられ、無念の塊から形成された魂達を少しでも浄化する事を…。

（アイツラガ『ソウナッテシマッタ。』ノハ生キタクテモ生キラレナカッタ。ソレモ一方的ニ襲ワレタ事。ツマリアイツラカラスレバ突然、何ノ前触レモナク殺サレタヨウナ感覚ダ。不満ヤ無念ガ溜マッテモ当然ダロウ。ダカラ…彼ラノ居場所ヲ作ル。ソシテ迷ッタ動物達ヲ導カセル役目ヲ与エヨウ。コレ以上、現世ニ闇ヲ漂ワセナイヨウニ…。）

『役目を与えた』からと言って、消滅してしまった動物達が確実に浄化出来るかは不明だ。それでも形式上『神様』と呼ばれる存在の一つである自分が思い付いて、行える事がこの手段だったからだろう。『神様』は行動を開始する。そして現世でさまよう闇の正体である魂達をかき集めると、それを合わせた一つの存在を創生。それに『門番』という名前と役割を与えると、既に作っておいた世界…『ゲート』に入れさせたのだった。

こうして『門番』という存在は生まれた。だが、『神様』にとって少し予想外の事が起きた。種類ごと消された無念を晴らす為に居場所と役割等を与えたが、一向に浄化される様子がなかったのだ。むしろ『門番』を生んだ『神様』以外の似て非なる者達も、『人間』が発揮していく様々な力の強さは予想だにしていなかったらしい。現に彼らが文明を発展させていく勢いに『神様』達は驚かされる。それだけでなく同時に種類ごと消滅する動物達の数は後を絶たず、その分無念の塊から発生した魂も増えていくばかりだった。

そんな魂の集合体である『門番』の中には当然のように『人間』に対する強い怒りが宿り続ける。むしろ幾多の災害や争いが生まれても減らず、更に技術等を発展させる過程で種類ごと動物が消滅していくのを目の当たりにしているのだ。『門番』の様子は『神様』の望みとは真逆のものになっていく。それればかりか『ゲート』から現世を見る中で、他の動物達に対し非道過ぎる行いをする『人間』の姿ばかり目に入ったのだろう。荒々しい感情は強まる一方だった。

それでも『神様』には『門番』に『ある想い』を持ってもいたからか。『門番』の言葉に耳を傾け時々意見はするものの、厳しく責め立てるような事はしない。むしろ『門番』に向かって告げた。

『オ前ハカツテ存在シテイタ動物達ノ『生キタクテモ生キラレナカッタ。』トイウ想イ…無念カラ生マレタ存在。特ニ『人間』ガ生マレテ以降、ヨリ『ソウイウ動物達』ガ増エタシ現ニ彼ラガ原因デアル事モ否定ハシナイ。ダガナ…。ソレダケシカ見ナイノハ良クナイ事ダ。『人間』ノ中ニハ良い者モイルシ、現世トイウ場所デ生キルニハ彼ラヲ避ける事ハ出来ナイノダカラ。』

『…そう、かもしれないけど！　けど、私は…！』

『アア、分カッタ。ヨク分カッテイルカラ、トニカク落チ着キナサイ。コノママデハオ前ノ存在ガ『悪しき者』ニナッテシマウゾ？　ソウナレバ『門番』トイウ存在デスラナクナッテシマウ。…ソレハ嫌ダロウ？』

『それは…。』

自分の事を『神様』が宥めようとしてくれているのを分かってはいたが、最近の出来事が過っている『門番』は止まらない。自分の中に溜まり続ける荒々しいものを放出するように声を発する。だが、自分を生み育んでくれた『神様』が、言葉は優しくても強い口調で自分の態度について告げてきたからだろう。『門番』は僅かに怯み荒々しいものを吐き出す事も止める。すると荒々しいものと共に『門番』の言葉を一応止める事が出来たからか。『神様』はこう続けた。

『…少シ出カケヨウカ、『門番』。オ前ニ見セタイモノガアルンダ。』

『見せたいもの…？　というか、何処に…。』

『現世ダガココカラ向カウカラ、スグニ辿リ着クサ。オ前ハ気分転換ノ軽イ散歩ダト思エバ良イ。…ドウダ？』

『はぁ…。良い、ですよ。行きます。』

そう提案してきた『神様』の様子が少し前のと変わっていたのに気が付いた事。むしろ真逆の、いつものような穏やかさを感じさせるものに戻っていた事に安心したからか。連れて行かれる場所については疑問を抱いたが、その誘いに『門番』は承諾を示すように頷く。そして『神様』も作り出して時間が経過しているというのに、すぐに怒りを膨らませてしまう『門番』の姿に戸惑う。だが、自分の狙い通りに連れ出せそうだからか。密かに安堵すると同時に、『ある目的』の為の計画や相応しい場所について思考を巡らせるのだった。


こうして『ゲート』から『門番』と『神様』は出発した。だが、『ゲート』を出た途端に『門番』の中で、再び怒りを主とした荒々しい感情が大きくなり始める。『神様』の言葉通り自分達が来たのが、多くの『人間』が行き交う現世だったからだ。もちろん誘われた際に現世へ行く事を告げられた為に必然的に『人間』を見てしまう事を覚悟していたし、同時に『門番』は荒々しい感情が大きくなっていく事を自覚もしていた。だが、『神様』が連れてきたのが現世でも『人間』が多い場所を通ったからだろう。すれ違う際にどんな『人間』であっても、『門番』は相手の思考や過去の行為まで見え感じ取れる事も出来るからか。芽生え大きくなっていった荒々しい感情が、再び静まらなくなってしまったのだ。表面上は常人を装っても動物に非道な考えを持ち、実際に行ってきた行為等が見えた事で…。

（本当に…『人間』って！）

自分の傍らに『神様』がいる事。その『神様』から『ゲート』を出る直前に指導された為か。荒々しい感情が自分の中を巡り続けていても、それを『門番』は表に出そうとはしない。『神様』の怒りに触れる事で、『門番』という名と共に誇りにしている存在や仕事を取られたくなかったからだ。だが、表には出さなくても自身の中で渦巻いていたものは、『門番』が自覚している以上に大きく強かったらしい。現に『門番』の体からは黒い霧のように見える『何か』が滲み出ていた。

そんな荒々しい感情に負けそうにもなっていた『門番』。だが、それも少しずつ緩和される事になる。『神様』が連れていってくれたのが『人間』が多くいても動物を大切にしている様子が分かる場所だったのだから…。

最初に『神様』が連れていったのは、広い草原の中に建つ一棟の大きな建物だった。そこは周囲の風景とは合わない、いわば近代的で無機質にも感じられる建物だ。それだけでなく建物自体が何か特別な場所でもあるらしい。建つ場所とは違って内部には多くの『人間』がいて、皆似たような形と色をしたものを体にまとって歩いている。その光景は冷たさも感じさせるものだったからか。元々の人間嫌いと相まって、見ていた『門番』は不快感を強めていた。

だが、『門番』の瞳に『ある光景』が映った事。そして『神様』から建物内で行われている事の説明等をされたからだろう。『門番』の中にあり体から滲み出ようとしていた、黒い霧状に見える荒々しい感情が更に溢れ出る事はなかった。『神様』からこの建物が無念のまま絶えてしまった動物達を復活させようとしている場所だと教えられたから…。

『復活って…そんな事が出来るの？』

『アア。オ前モ知ッテノ通リ『人間』トイウ存在ハ異様ニ知能等ガ発達シテイルカラナ。

マダ時間ハ必要ダロウガ、ソノ内ニ今ハ種類ゴト消エテシマッタ動物達モ復活スルダロウ。』

『へぇ…。』

『マァ…私達ノヨウナ存在カラスレバ複雑デハアル。私達ト異ナルハズノ存在ガ方法ヲ変エテイルトハイエ、今ハ亡キ者ヲヨミガエラセヨウトシテイル。今生キテイル動物達ノ命ノ営ミヲ変エヨウトシテイルンダ。他ノ神ト呼バレル者達ガ反対スルノモ無理ハナイ。ダガ、ソレデモ表立ッテ反対ヲ示ス者ハイナイ。ヨミガエラセヨウトシテイル『人間』ノ多クガ過去ノ過チヲ反省シタ結果、考エ抜イテ行ッテイル事ト知ッテイルカラダ。何ヨリ未来ヲ見据エテ少シデモ多クノ動物達ヲ守ル為ノ行動モ、同時ニ行オウトモシテイルンダ。』

自分達が今いる建物で行われている事の内容に聞き入る『門番』。だが、この場所で行われている事が、今まで想像出来ていなかったものだったからだろう。促されるように『人間』の行動は見ていたが、声等での反応は示せなくなってしまう。ただ無言でカプセル等に入った小さな塊達を見て、様々な声を発し表情も見せる『人間』を見つめるのだった。

次に『神様』が連れていったのは、最初に訪れた建物とは違った雰囲気を漂わせる場所だった。少し前までいた建物よりも小さいが温かさを感じさせ、犬や猫等の現世でも馴染みのある動物達がいる場所だった。だが、そこにいる犬や猫達は既に大人と呼ばれるほどになっていた事。何より人間達の方を見ながら体を震わせ、必死に声も上げたりしていたからだろう。先ほどすれ違った際に見た『人間』達の行為が過った事で、『門番』は怒りに震え始めていた。

だが、ここでも『門番』が内部で膨れ上がる感情を表に出す事はなかった。体を震わせながらも必死に声を上げたりしていた犬や猫等を見つめる『人間』達が少し変わっていたからだ。悲しげでありながら同時に愛おしそうな色も含ませた様子だったのだから…。

『…？』

『ココハ捨テラレタ子達ヲ、次ノ『人間』ニ渡ス為ノ場所ダ。ソシテ気ガ付イテイルト思ウガ、ココニ来ル前ハ大半ノ子ガ『人間』ニ非道ナ事ヲサレテ身モ心モ傷付イテイル。ダカラココニ来ル前ノコノ子達ハ、別ノ『人間』達ノ所デ生活シテ気持チト体調ヲ落チ着カセテイルンダ。』

『…『人間』にとっては面倒臭いんじゃない？　まぁ、私はそう思わないけど。』

『アア。ダガ、自業自得トイウモノダ。ソモソモ『こういう事』ヲ行ワナクテハナラナクナッタノハ、『人間』ガ自分達ノ都合デ数ヲ増ヤシ過ギタノガ原因。更ニココニ連レテ来レル数モゴク一部ダ。ダカラ私達モ『こういう事』ヲ行ウ『人間』達ヲ誉メモスルガ、ソレ以上ニ不快ニモ思ッテイルナ。命ヲ操ッタ結果デモアルカラ。』

『そうね。』

この場所についての説明をする『神様』の言葉に耳を傾ける『門番』。だが、その話は『人間』の行為について良い面と悪い面がより鮮明になってしまうような内容でもあったからか。『門番』は自分の中に『人間』に対して荒々しい感情だけでなく、真逆とも感じさせるものが膨らみ始めているのも自覚。複雑な精神状態になっていったのだ。それでも確かに抱いていたのは『少しでも早く動物達に『幸せ』と感じる日々が来て欲しい』という想いだ。『門番』と『神様』という存在が傍にいても気に留める事が出来ないほど、彼らは声を上げる等の悲痛な様子を見せ続けていたのだから…。

そんな『門番』を『神様』が次に連れていったのは、最初に訪れた二ヶ所とは明らかに異なる空気が流れる場所だった。屋外であり何やら石を積み上げた物が並ぶ場所。何より『人間』が動く気配がほとんどない、異様に静かな所だったのだ。そして『神様』に言われるがまま留まり続ける内に、『門番』は『ある事』に気付く。少し時間が経過した事でようやく何かが動く気配を感じ取る事が出来たのだが、それが動物も『人間』も体が透けた状態の者達ばかり。既に現世では亡くなったとされる存在だったのだ。それは『ゲート』にて魂だけとなった存在が訪れ導く事を度々経験している『門番』でも、戸惑うほどの数がいたからだろう。実際その性質から表情こそあまり変わらなかったが、『神様』の傍らで何も言えなくなるぐらいには動揺を強めていた。

だが、その動揺も少しずつ静まる事になる。亡くなっているはずの動物達の大半が穏やかな様子である事に気付いたからだ。それも理由が気になった事で見守っていれば、この場所をまだ生きている『人間』が訪ねてきた事。その訪ねてきた『人間』は石が積まれた一際大きな物の前で足を止め、手を合わせながら穏やかに話しかけている事にも気付く。

すると『ゲート』を訪ねてくる亡くなった動物達よりも穏やかな様子や、『人間』の行動に驚く『門番』の姿を傍らで見ていたからか。『神様』は話し始めた。

『…ココハ亡クナッタ者達ヲ埋葬スル場所ダ。動物ダケデナク『人間』モナ。』

『ああ…。だから皆、透けているのね。』

『ソウダ。ソシテ…見テイルト分カルト思ウガ、コノ場所デハ亡クナッタ者達ヲ主ニ弔ウ役割ヲ果タシテイル場所デモアル。一定ノ手順等ヲ経テナ。ダカラ同ジヨウニ魂ノ状態ニナッテイテモ『ゲート』ニ来ル者達ヨリモ澄ンデイルンダ。現世デ汚レテシマッタノガ浄化サレルシ、繋ガリモ切ル事ガ出来ルカラ。』

『なるほど…。』

『…マァ、亡クナッタ後ニナッテ労ワルヨウナ事ヲシテモ、相手ニドコマデ伝ワッテイルノカハ分カラナイ。ソレバカリカ『こういう事』ヲ行ッタ結果、未練ガ逆ニ残ッテシマイ橋ヲ渡ルノヲ嫌ガル者モイル。ダカラ転生ノ儀ヲ行ウ立場カラスレバ複雑デモアルミタイダ。仕事ガ出来ナクナルカラナ。』

この場所について話す『神様』の言葉に『門番』は兎の耳を傾ける。だが、その内容には『人間』が亡くなった者達を弔っている事も知ったからか。『人間』の行動に驚き続ける。そして驚き以上に『門番』は戸惑いの感情が大きくなっていくのも自覚する。『人間』という存在が分からなくなっていったのだから…。

こうして『門番』を宥める為に『神様』が考えた現世の旅は終わった。すると巡った所が現世で『人間』とそれ以外の動物達との繋がりを示す場所であった事。それも予想以上に結ばれた繋がりが強い部分も見られたからだろう。旅が終わり『ゲート』に戻る頃には激しい怒りの感情は薄まっていたものの、複雑な想いにより感情等は強く乱れていた。その乱れは自身の力で『ゲート』への出入り口の穴を形成出来ないほどで、代わりに『神様』の力で帰って来られた事に気付かないほどだった。

だが、それほどまでに戸惑いを強める『門番』を目の当たりにしても、『神様』がそれを責める様子はない。むしろ『門番』の中で巡るようになった複雑な感情を、あえて表に出させたいのか。『神様』は話し始めた。

『…コレデ分カッタダロウ？　オ前トイウ存在ヲ形成モサセテイル動物ト『人間』ノ関係ガ。ソノ繋ガリノ強サガナ。』

『…。』

『確カニ『人間』トイウ存在ガ生マレ増エテイクニツレテ、オ前ノヨウナ存在…種類ゴト消エテシマッタ者ハ多イ。ムシロ増エテイク一方ダ。ソレバカリカ反省シテクレル『人間』ハゴク一部デ、私達ノヨウニ命ヲ操ッテ数自体ヲ操作シヨウトスル者達ノ方ガ多イダロウ。命ヲ冒トクスル者達ガ。ダカラ『人間』トイウ存在ノ全テヲ許シ、愛ソウトシナクテ良イ。私達モ『人間』ニ思ウ事ガアルカラナ。』

『はい…。』

『ダガ、オ前ハ今回ノ旅デ分カッタ事モアッタハズダ。自分達以外ノ動物ヲ守リ、彼ラナリノ愛ヲ示ソウトシテイル『人間』モイル事モ動物達トノ繋ガリヲ理解シ、大切ニシテイル『人間』ガイル事モナ。ダカラ完全ニ『人間』ヲ許サナクテ良イ。少シダケナラ怒リヲ宿シタママデモ構ワナイ。ダガ、ホンノ僅カデ良イカラ『人間』トイウ存在ヲ認メテクレナイカ？　セメテオ前ガ『門番』トシテ動イテイル時ニ出会ッタ動物達ガ想ッテイル相手ニ対スルグライハ…。』

『…そう、ですね。』

　連れ出す直前の時の威圧するようなのとは違い、必死さを漂わせる空気で『神様』が自分に告げてきた事。そこから告げてきた内容が『神様』の本心からのものだと分かったからだろう。『門番』から怒りを含ませた言葉や空気は放出されなくなる。そして『門番』のその変化に気が付いたからか。安堵しつつ『ゲート』から出ていった。

それらの出来事を過ぎらせる『神様』。あの後も『ゲート』から見た現世の様子や、この場所を通る動物の中に『人間』から非道な事をされた者がいたからか。その度に『門番』の中に強い怒りが芽生えていた為に、『神様』は宥めるべく現世で『動物と人間の繋がりが分かる場所』を中心に様々な場所へと連れていった。すると何度も『動物と人間との繋がり』を見せる事で、『門番』なりに少しずつ呑み込んでいったのだろう。いつの頃からか『門番』の中を渦巻いていた荒々しい感情が薄まっていた事に『神様』は気付く。更にその変化に感慨深くなっていた『神様』に対し、『門番』はこんな事も告げた。

『…私はあなたが色々な場所に連れていってくれて、多くの『動物と人間との繋がり』を見てきたおかげで『人間』に対する見方が変わってきました。それだけでなく『門番』の仕事をさせてくれた事で、そこでも『動物と人間との繋がり』も見て感じる事が出来た。だから前よりは変われたと思います。少なくてもこの場所…『ゲート』で『門番』という名前らしい仕事をしている時に関わった『人間』については、受け止めようと思うぐらいには…。』

『ッ！　オ前…。』

『もちろんアイツらには怒りも持ち続けてもいます。この体の一部である彼らや、その後にも消された皆は『人間』が原因である事が多い。今も『ゲート』から見えたり、『門番』の仕事をしていた時に関わった『人間』の中に許せない事をしている者達がいる。だから…それに触れた後に考えれば考えるほど、自分が抑えられなくもなる時も確かにありますす。けど…『人間』にも色々いる事は分かっています。形は何であれ自分達以外の動物達と関わり、生まれる時も亡くなった後も繋がりを保とうとしている者達がいる事。中には過ぎた時間が長くなった事で、消えてしまった命がよみがえる瞬間を見る事も出来ました。その後、最初は戸惑いながらも『人間』が支えた事で受け入れていく様子も…。だから、だからこそ大丈夫だと思います。ここを使う動物達の前では『人間』に対して怒ったりはしません。』

『ソウカ…。』

『ええ…。長い間、心配かけてごめんなさい。そして…いつも気にかけてくれて本当にありがとうございますね、『神様』。』

真っ直ぐ『神様』を見つめながら今抱く自分なりの考え等を話す『門番』。すると言葉や告げてくる様子等から、『門番』が嘘を吐かずに本心を告げているのが分かったのだろう。話を聞いていた『神様』は安堵する。そしていつものように時が少し経過した頃に再び『ゲート』を訪ねてくる事を約束。『門番』に見送られながら『神様』は元の場所へと戻っていくのだった。

それから更に時は経過して。現世のとある街に本来いるはずのない一羽の小鳥が必死な様子で飛び回っていた。どうやら元々は『人間』に飼われていたようだが、その相手が誤って逃がしてしまった事。本能で自由を求めていた時もあったが、飼い主が起こしてしまった出来事は小鳥にとっても予想だにしなかったものだったのだろう。逃がしてしまった張本人も焦っていたが、小鳥の方も他の動物達から度々狙われているのを察知したのだろう。その気配等に気付く度に激しく動揺。更に勢いよく飛ぶようになる。だが、動揺するがあまり勢いよく飛び回り過ぎたらしい。それを表すように小鳥が飛び回っていた場所は元々住んでいた家が建つ町から随分離れてしまっている。そして小鳥自身も空気等から飼い主より益々離れてしまっているのに気が付いてしまったのだろう。今現在、自分がいる場所も分からなくなるほどに動揺は止まらなくなるのだった。

すると混乱した状態で飛び回り続けていたせいか。ふと我に返った小鳥は周囲の様子や空気が少し前にいた場所と異なっている事に気付く。それも光に包まれた空間でありながら妙な気配等が漂う場所である事にも気付いたからだろう。途端に恐怖の感情が芽生えた事を自覚。自分が今いる場所から脱出しようと、来た方へ向きを変えて飛び始める。だが、いくら翼を動かし飛び続けても、ほぼ周囲の様子に変化がない事にも気付いてしまったからか。自分の力では脱出出来ない事を悟り、小鳥は絶望してしまうのだった。

そんな時だった。『何か』が近付いてくるのを察知し、小鳥の恐怖は最高潮へと近付く。しかも自分の方へ向かってきた『何か』が姿を現したのだが、その見た目は様々な動物を連想させるもの。つまり初めて見る容姿をした者だったからだろう。普段のように翼を動かせなくなるほどに怯えてしまう。それにより小鳥は落下してしまうが、翼とは違って体は勝手に小刻みに震えるのだった。

一方の『何か』は自分の立場から、この場所に小鳥が辿り着いた理由等も分かっていたのだろう。怯える小鳥に近付くと声をかけた。

『…どうやら道に迷って、ここに入ってきたみたいね。』

『えっと…あなたは？』

『未知の姿をした者』であった為に小鳥は怯えていたが、その見た目に反して声や漂う空気が穏やかなものだと気付いたからか。警戒心が完全に解けなかった為に体は強張り続けていたが、相手に何とか問いかける事が出来た。すると問いかけてくる小鳥の様子に、警戒はされながらも少しは落ち着かせる事に成功したと分かったのだろう。密かに安堵しながら言葉を続けた。

『私は『門番』。この場所…『ゲート』から、あなた達を見守る存在。そして皆が目指す場所までの出入り口を作り、そこまで導く事が役目なの。』

『『門番』…。』

『ええ。じゃあ、早速だけど…あなたの行きたい場所へ導いてあげる。その場所の事を強く考えてね。』

小鳥に対し『門番』と名乗った者は、辿り着いた『この場所』が『ゲート』である事やその用途についても話す。それに小鳥は最初戸惑っていたが、聞き続けていく内に不思議と理解していく自分にも気付く。そして『門番』に促されるように戻りたい場所について考え始める小鳥。すると小鳥の想いを受け取った『門番』は力を発動。『ゲート』と小鳥が行きたい場所…飼い主の所へ繋がる道への出入り口が生まれたのだった——。

こんにちは。この度は当作品を手に取って頂きありがとうございます。深く感謝致します。

この作品が思い付いたきっかけは、動物の感動物語をテレビで観た事でした。様々な理由で家族と離れ離れになった動物が感動の再会を果たす…という内容の話を見聞きする度に、道中の様子がよく気になっていました。『どんな道を通ったのか？』『休む時にはどうしていたのか？』『そもそもどんな想いを抱えて家族の所を目指したのか？』というのが気になってしまったのです。そして考えている内に『もしかしたら動物達だけが通れる場所があるのかもしれない。』と想像し、いくつもの話を気が付いたら考えるようになっていました。

実際は雨風に負けず進み続ける旅をしているとは思っています。大切で大好きな家族を想って、時には恐怖を感じながらも進んでいる。それだけ動物達は純粋な存在だと思います。その動物達をこれからも私達は大切にしていきたいですね。

最後になりましたが、皆さんと動物達にとって平穏な時が少しでも長く続く事を願って…。

著者プロフィール

蔵中 幸（くらなか さち）

8月2日生まれ。愛知県出身。
県立特別支援学校を卒業後、約6年間事務員を務める。
その後退職し小説家を志す。
趣味はファンタジーの世界を中心とした物語を考える事。
著書『人魚の島』（2017年　文芸社）

ゲート　～想いで繋がる場所～

2021年1月15日　初版第1刷発行
2022年12月25日　初版第2刷発行

著　者　蔵中 幸
発行者　瓜谷 綱延
発行所　株式会社文芸社
〒160-0022　東京都新宿区新宿1－10－1
電話　03-5369-3060（代表）
03-5369-2299（販売）

印　刷　株式会社文芸社
製本所　株式会社MOTOMURA

ISBN978-4-286-22164-9